パレット文庫

少年 昴《すばる》

秀麗学院高校物語17

七海花音

JN285550

小学館

主な登場人物

▲花月《かげつ》那智《なち》

高2。学年副頭取で、学院の『陰《かげ》の仕事人』。いつも涼や悠里を頼もしく支えている。日本舞踊の家元の跡《あとと》取り。

▲不破《ふわ》　涼《りよう》

高2。学年最高頭取で、次期学院最高頭取。独《ひと》り暮《ぐ》らしで、夜はクラブで働いている。皆から愛される心優しい美少年。

▲田崎《たさき》　仁《じん》

銀座の画廊のオーナー。亡《な》くなった一人息子《むすこ》に生き写しの涼が愛《いと》しく、陰になり、日なたになり、力になってきた。

▲桜井《さくらい》悠里《ゆうり》

高2。裕福な家庭で幸せいっぱいに育った。病弱だったが、今では血の気が多く、涼たちがはらはらするほど捨て身!!

イラスト／おおや和美

もくじ

～これまでのお話『少年卒業記』から～

名門秀麗《しゅうれい》学院に通う不破涼《ふわりょう》は、母親一人に育てられた。しかし、その母は小学校五年の春に急逝《きゅうせい》。涼は高校入学と同時に独《ひと》り暮《ぐ》らしを始め、会員制の高級クラブで働きながら生活を支えてきた。そんな涼は、高二の三学期、来期の学院最高頭取に任命されることになる。尊敬する現・学院最高頭取の桐生真《きりゅうしん》から頭取の印であるバッジを胸につけてもらい、身の引き締まる思いの涼だった。しかしそれから一月後、卒業を目前に、その桐生が突然の退学処分を受けてしまう。理由は、ホスト・クラブに勤めていたことが発覚したからだ。彼がその仕事を選んだのは、すべて母親のためであった。桐生の母は悪性の癌《がん》に冒され、莫大な入院費と治療費が必要だった。桐生に父親はいなかった。苦労する桐生の姿が自分と重なり、涼はどうしても先輩を助けたいと学院長に必死の談判をするが、処分は撤回してもらえない。卒業式の当日、涼たち後輩は桐生を強引に卒業式に出席させ、彼の事情を、学院中の生徒、父兄の方々すべてに必死で訴えた。学院長は涼たちの熱意に負け、桐生に卒業証書を手渡すことを決心した。

秀麗学院高校物語 17

少年 昴《すばる》

一人では無理でも
みんなの力で何かが動き始める
それはやがて大きな光を発し
世界を輝かせる日がやってくる

俺たちはまだ、名もなき小さな星の集団

春雪 ～Spring snow～

三月も半ばになろうとしているのに、この寒さはいったい何ごとだろう。

教室の曇った窓から、辛うじて見える外の景色は、白く舞い上がるもので埋め尽くされていた。

雪だ――。

しかも、しんしんと降り積もる勢いの降り方だ。

落ちたところから、次々と校庭は白くなってゆく。

傘《かさ》を持ってくるのを忘れてしまった。

今朝《けさ》起きた時は、雲ひとつない青空、とまでは言わないけれど、ぼんやりと太陽が顔を出し、割と長閑《のどか》な陽気だと思ったのに…。

春の天気が変わりやすいとは本当だ。

首筋がなんだか…ぞくぞくする…まさか、俺…風邪《かぜ》なんてひいてないよな…。

窓際の席にいるから、冷えるだけだ…。

だって、今、病気になるわけにはいかない。

俺の場合、体が資本だ。寝込んだとたんに、生活が根底から揺らぎ始める。


予定外の大寒波が表で荒れ狂っている様子を呆然《ぼうぜん》と眺《なが》めている俺は、不破涼《ふわりょう》――。

東京屈指の名門校、秀麗《しゅうれい》学院高校の二年生である。

生まれた時から父親の存在はなく、母親一人に育てられた。

しかし、その母は、俺が小学校五年の春に急逝《きゅうせい》してしまった。

その後、俺は母の異母兄に引き取られ、その伯父《おじ》の経営する牛乳店を手伝いながら、中三までお世話になった。

しかし伯父の家も裕福ではないので、いつまでもごやっかいになるわけにもいかず、俺は高校入学と同時に独《ひと》り暮《ぐ》らしを始め、現在に至る。

生活費を稼《かせ》ぐために、月・水・金の放課後、東京の繁華街《はんかがい》の会員制高級クラブでフロア・ボーイとして、働かせてもらっている。

しかしこのことが学院に知られると、俺は即刻退学になる。

秀麗学院は、生徒のアルバイトは認めていないのだ。仕事はいつでもできるが、十代は知識の吸収が最も活発な時期なので、その時間を労働に費《つい》やすのは、もったいないということらしい。

それも一理あるかもしれないが、今のご時世を考えると、働かなければ学校に通えない学生は少なくないはずだ。

しかし俺の場合は、未成年にも拘《かかわ》らず水商売に従事している。これはどう説明しても、許《ゆる》してもらえるとは思えない。

だけど、この仕事が全面的に今の俺の生活を支えてくれているのだ。

職業に貴賤《きせん》なんてない。俺はこの仕事を本当にありがたく思っている。

父親もなく、母親ももうこの世にいない俺が、自分で自分の生活を支えることのどこがいけないのだろう。

今日は仕事日の水曜日だ。風邪なんてひいている場合じゃない。お客さんに伝染《うつ》したら大変だ…。

ああ…だけど本当に冷える…。

雪は決して嫌いではないけど…寒い…。

これは、困った…。

と、その時、俺の肩がふわっと暖かくなった。

「震えてますね…不破…風邪をひいたら大変です…。さ、これをお使い下さい…♥」

俺の隣《となり》に座る同級生——花月那智《かげつなち》という——が、机の中から取り出したモヘアのショールを俺の肩にさっとかけてくれる。色は、オフ・ホワイト。

どうやらかぎ針での、手編みのようだ…。

「えっ…いっ、いいのか、花月…？　だって、花月も寒いだろ？」

「私はこう見えて自家発電の男と呼ばれています。常に心が燃えに燃えているので、冬でも半袖Tシャツ一枚でオッケー。先《せん》カンブリア時代から現在まで、最低三つの氷河時代があったと言われておりますが、生き残れたのはこの私だけです」

そう言いながら、相棒は、体中に使い捨てカイロをしのばせている。ワイシャツの下に、こっそり薄手の遠赤外線の下着を着込んでいるのも知っている。

結構、重装備なのだ。

「さ、不破、そんなことより、こんな冷える日には、ハチミツ入りレモン・ティーが一番」

花月は学生鞄《かばん》から、アメリカ製携帯用魔法瓶を取り出し、それについているプラスチックのカップに、もうもうと湯気の上がる紅茶を俺に注《つ》いでくれる。

「えっ…おっ、俺っ、お茶まで御馳走《ごちそう》になっていいのかっ…？　そ、そんな…悪いじゃないかっ…」

「不破――悪いことなんて、何ひとつありませんよ。そんなことより、不破が風邪でもひいたら、それはもう私の監督不行き届き…。日本中の『不破愛好会』の方々から、お叱《しか》りを受けてしまいます。ここはひとつ私を助けると思って、ぐっと一杯飲んで、体の心から温まって下さいね…」

ハッとするほど雅《みやび》やかな笑顔で言う花月は、由緒ある日舞の家元の一人息子《むすこ》である。

十七歳にして、その才能は日本中の舞踊家から注目されている、(おそらく)未来の人間国宝だ。そして、その高貴な家柄の通り、立ち居振る舞いはいつも上品、言葉遣《づか》いは乱れることがなく、常に丁寧《ていねい》。漆黒《しっこく》の長髪はさらさらと肩下で揺れ、その涼やかな瞳《ひとみ》は、とても高校生とは思えぬ落ち着きに満ち満ちていた。

しかし、そのやんごとなき外見に騙《だま》されてはいけない。

秀麗学院での彼は、『闇《やみ》の使い手』とか『必殺仕置き人』とか『目で殺す那智さま』とか『世界の中心は那智さまにあり』とか『那智さまに天誅《てんちゅう》を下されれば、それもまた幸福な最期《さいご》』とか『那智さまに罰《ばっ》せられた人間は、来世《らいせ》では必ず世界を率いるリーダーになれる』とか、とにかく訳のわからないタイトルをたくさん持っている人だ。

いわゆる彼は筋金入りの始末屋《しまつや》だ。一度彼の目に留まったこの世の悪は、そのままで済まされたためしがない。

武術を極《きわ》めに極めている彼は、人知れず、悪を働く人間に制裁を加え、世直し道まっしぐらの人生を突き進んでいる今日この頃だ。

かくいう俺も、その花月のお陰で今まで危ないところを、何度も何度も助けてもらってきた一人である。ゆえにまったく頭が上がらない…。

「えっと…じゃあ、俺、お言葉に甘えて、そのハチミツ入りレモン・ティーを頂《いただ》くよ…」

花月は大人の笑みで、俺にそっと頷《うなず》く。

その笑顔だけを見ていると、この相棒が世界の中心であるかのような錯覚《さっかく》に陥《おちい》る。

そして俺は差し出された、燃えるように赤いプラスチックのカップになみなみと注がれた紅茶に口をつけると——。

温《あった》かい…そして本当においしい…。

レモンの輪切りがふっと爽《さわ》やかに香ると、次にハチミツが、いがらっぽい喉《のど》の痛みを消し去ってゆく。

体の震えも治まり、まるで春がきたかのように、全身の神経が緩《ゆる》んでゆく。

「お代わりもありますから、遠慮なくおっしゃって下さいね。あと、クッキーも召し上がって下さい…紅茶に合わせて、ドライ・フルーツ入りのクッキーを焼いて参りました♥」

手編みのショールに手作りのクッキー——この仕事人はすこぶる家庭的でもある。

「えっ…でも…そんな…花月っ…俺…そこまでして頂くのは申し訳ないよっ。紅茶を御馳走になっただけでも、充分過ぎるのにっ」

俺は慌てて紅茶を飲み干し、そのプラスチックのカップをティッシュで拭《ふ》くと、花月に一《いっ》旦《たん》お返しするが——。

その時、窓の外の真っ白な世界とは裏腹に、真っ黒などんよりとした影が、俺の机に着々と忍び寄っているのに気づかなかった。

「秀麗学院の鑑《かがみ》…不破次期学院最高頭取…今日も手がつけられないほど和《なご》んでらっしゃるんだね…。そして、アナタが相棒の那智さまに申し訳ないと思うことはあっても…この私に、申し訳ないと思うことは、どうやら永遠にないようだね…」

ハッ——！

しまったっ————。

我がクラス二年G組の担任であり、物理の先生でもある、鹿内《しかうち》先生が顔を引きつらせながら、俺の前に立っていた。

チョークを持つ手も小刻《こきざ》みに震えている。

まずいっ…今は物理の授業中だった…。紅茶なんて飲んでいる場合じゃなかった。

あっ…、しかも俺っ、気づくとクッキーも食べているっ…。

弁解の余地もない——。

来期の学院最高頭取に選ばれているっていうのに、何をしてるんだっ。

来月にはもう、秀麗の中一から高三までを指揮していく大事な立場になることが決まっているのに、こんな自分でいいわけがない…。

「あ…あっ、あのっ、すみませんっ、ごめんなさいっ、俺がいけないんですっ。俺がっ、俺がっ、えっと、俺がっ――」

寒すぎてボーッとしていたから、なんていう言い訳は通用しないだろう。

「『俺』がどうしたんだろうね、不破次期学院最高頭取…今日という今日は、きちんと釈明してもらおうか…お茶してるんだよね、今？」

鹿内先生は、チョークを俺の頬《ほお》にぐりぐり当てている。

「あの…差し出がましいようですが、よろしかったら、先生も一杯いかがですか？　本日の紅茶は、英国の老舗《しにせ》、フォートナム&メイソンのアールグレイ・ティー。そして、輪切りのレモンは、防カビ剤、農薬等を一切使用してない有機栽培によるもの。そしてハチミツはなんと天然百パーセント、ピュア・ハニー。しかもAグレード…。砂糖やブドウ糖などの混ぜものは一切入っておりません。ゆえに、冬場はよく結晶してしまうこともございます…。これは気をつけなくては、いけませんね…」

花月は淡々と先生に言うが、そんなにいい素材の紅茶だったのか…おいしいはずだ…。

「そういうことじゃないよね、那智くん。私が知りたいのは、なぜ、どうして、WHY《ホワーィ》――物理の授業中に、単独でお茶会を開いているかということだっ」

まずい…鹿内先生の怒りは増大していた。

「何をおっしゃいますか、先生。これは一種の物理の実験なのですよ…」

花月…どうしてそうやって、戦いを挑《いど》んでしまうのだ…。

「ふーん、那智くんが、物理の実験ね…じゃあひとつそれをここで、説明して頂こうかな？今日の僕の授業は『比熱と熱容量』の話だよ…わかってるよね…それとまったく関係ない実験だったら、今日こそ先生、黙ってないからね…」

鹿内先生は花月を睨《にら》んだまま、仁王《におう》立《だ》ちだ。俺は、花月の横で項垂《うなだ》れてしまう。

あともう少しで、高二の三学期も無事終了だというのに、俺らはたぶん、一教科（物理）の単位を落とし、春休みその補習を受けるというイメージ映像が脳裏をよぎった…。

「鹿内先生、まず黒板に書かれてある、『熱平衡』のことから、お話しさせて下さい。熱平衡とはすなわち、高温の物体と低温の物体を接触させておくと、高温の物体から低温の物体へと熱が移動し、最終的には温度が等しくなって、熱の移動が止まることを言います」

その通りだ…。花月って、俺に話しかけていても、ちゃんと授業を聞いてるんだな…。さすがだ…。

「だからそれが何なの…那智くん…」

感心している場合じゃなかった、そのくらいの説明では、鹿内先生は納得しない。

「実は私、今朝、登校いたしまして、不破の顔を見た瞬間、この人は風邪気味だなと推察したのです」

「不破くんの健康状態を推察するのと同時に、できれば僕の堪忍袋《かんにんぶくろ》の緒《お》がいつ切れるかも推察してもらえたら、非常にありがたかったね」

「まあまあ、先生、落ち着いて下さい——私が言いたいのはこういうことです。先生もご存じの通り、不破は来期の学院最高頭取になることがすでに決まっている、大切な御身《おんみ》です」

「ふ〜ん。その大切な御身が、僕の物理の授業中に長閑にティー・タイムとはどういう意味なのか、是非聞かせてもらえるかな、クッキーだって食べてたよね？」

「ですから先生、不破はこの四月から、華々《はなばな》しくもいわゆる秀麗の顔となる人物です。秀麗中等部約四五〇人、高等部九百人、合わせて一三五〇人がこれから不破の指揮の下《もと》、つつがなく、晴れやかに、かつ厳粛に学生生活を送ってゆくのです。その不破が倒れたら、一三五〇人がいきなり路頭に迷うのです、おわかりですか？　不破の言葉、不破の行動、ひとつひとつが即、下級生、同級生に多大なる影響を与えてゆくのです。はっきり言って、その力は諸先生方より絶大なるパワーを持つことになるでしょう…」

「那智くん、だから今日の授業の『熱平衡』とその実験は、どうなったのっ。それ、説明してくれるんだよねっ！　来学年の不破くんの肩書云々《うんぬん》はもういいよっ」

「先生っ、風邪は万病の元…たかが風邪だと馬鹿にしないで下さいっ。風邪をこじらせると、大変なことになるのですよっ」

本当にその通りだ、花月…。俺の母親も、働いて働いて身を粉《こ》にして働いて、結局最後は風邪をこじらせ、肺炎を併発させると、高熱にうかされ亡《な》くなってしまったんだ…。

思い出すと、今でも悲しくてやり切れなくなる…。

「先生っ、今朝の不破はねっ、とにかく風邪気味だったんですっ。この異常寒波で寒くて寒くて、先程まで震えてたんですっ。ですから私は自分のショールを貸し、熱いお茶で、不破の体を暖めようとしただけですっ。『熱平衡』っていうのは、高温の物体、すなわち熱い紅茶のことですっ、そして低温の物体っていうのは、冷えきっている不破のことですっ、この両者が接触、というのは、不破が熱い紅茶を飲むことですっ。それにより、不破は高温の物体から熱量を得て、冷えきった体から脱出することができたんですっ。これが『熱量の保存』ということでしょう？　温度の違う物体を接触させておくと、熱はひとりでに高温の物体から、低温の物体に移動するんですっ。低温の物体から、ひとりでに高温の物体に移動することはないんですっ。これを物理の世界では、『不可逆変化《ふかぎやく》』っていうんですっ。私はそれを利用して、一人の友人を救いたかっただけですっ。そして先程説明しました『熱量の保存』によって、不破は…不破は…健康を取り戻そうとしただけですっ、それもこれも、来期の秀麗学院のためではありませんかっ。先生は、不破が病に倒れても、授業を優先しろって言うんですかっ！　人の命と物理の授業はどっちが大切なんですかっ。私のとった行動は、来期の学院最高頭取を救う緊急避難だったと思ってますっ！　不破に何かあったら、先生、どうするおつもりだったんですかっ！」

花月がまくしたてると同時に、クラスのあちこちから、先生を責めるような声がじわじわ広がってゆく……。

どうしてこんなに大事件になっていくんだ……。

元はと言えば、俺が寒がったのがいけなかっただけなのに。

「……ひどいよな、鹿内先生って……不破代表は、つい先日も寒い中、高三生の卒業式であんなに忙しく働いて、息つく暇もなく……体調だって崩《くず》すよな……」

「……お茶くらい飲ませてやりゃあいいじゃないか、不破くんが倒れたら、うちの学院、がたがたになるぞ……」

「……それに不破代表って、先週、鹿内先生に頼まれて、放課後、高二の物理苦手組に特別講習会を開いてなかったか……」

「……僕、その講習会に参加したよ……えらいわかりやすうて助かったわ、そうや、そんなことより後で、代表に葛根湯《かっこんとう》でも飲ませとかなあかんわ……」

気がつくと、鹿内先生がハンカチで額《ひたい》の汗をぬぐっている……。

クラス中が先生を睨んでいるからだ。

「いや…だから…那智くん…どうするおつもりったって、先生は不破くんの具合が悪いなんて、知らなかったからっ…。知ってたら、先生だって、そんな目くじらをたてることもなかったし…お茶くらい何杯でも飲んで頂きたかったし…ひざかけくらいは用意させてもらったと思うっ…それでも寒い場合は、不破くんの席だけ、こたつにしたっていいと思うっ…」

いや…こたつは不要だと思う…一人だけこたつっていうのは、俺としても嫌だ。すごくクラスから、浮いているカンジだ。

できれば俺は、平凡にみんなと同じように生きていきたい…。

「鹿内先生、わかって頂けたのなら、結構ですっ。この花月、ようやく溜飲《りゅういん》が下がる思いです…。ふう…とにかく、今は授業より、一人の未来ある生徒の輝ける希望の光を消さないことが大切です。私、何か間違っておりますでしょうか？」

花月…俺を助けてくれるのは嬉しいが、やはりそれって、なんかどこかがゼンゼン間違っているような気がする…。

「そ…そうだね…。那智くんに叱られて…先生、やっと目が覚《さ》めたよ…。不破くん…すまなかったね…体調が悪かったなんて…先生、まったく知らなくて…怒っちゃいけなかったよね…。大丈夫《だいじょうぶ》かい…？　寒いの？　那智くんお手製のクッキーでも食べて、栄養をつけてみるのも手だね…？」

えっ…鹿内先生にこんな優しい言葉をかけて頂けるなんて…。

「いえっ、先生っ、俺がいけないんですっ。自分の不摂生《ふせっせい》で、体調を崩してしまってっ…それに俺っ、テレビとか見ないからっ、今日の天気とかも読めなくてっ。こんなに寒くなるなら、セーターとか着てくればよかったんですっ」

「いや…不破くん…いいんだ…それより体を大切にしないとだめだぞ…。先生、今日は那智くんに教えられたよ…来学年は、いよいよ不破くんあっての秀麗学院だってことを、すっかり忘れてたよ…。大役、大変だと思うけど、どうかこれからの秀麗学院をよろしくお願いするね…。それと、下級生の物理の補習とかも…時々、頼んでいい…？」

「えっ…ええ…そんなことでしたら、いつでもおっしゃって下さいっ、俺こそ、今後ともよろしくお願いしますっ。先生のご指導あっての俺です、どうか、遠慮なくびしびし鍛《きた》えて下さいっ」

いきなりクラス中から拍手があがってしまう。

花月は満足そうに、ひとり静かに悦《えつ》に入《い》っている。

ようやく一件落着、と思ったその時だった――。

「涼ちゃんっ、そんなことより、ごめんねっ！　僕、涼ちゃんが風邪気味だなんて、まったく気づかなかったからっ！　今朝、僕が登校の途中で、涼ちゃんの手袋を借りたのがいけなかったんだよねっ！」

先生が教壇に戻っているにも拘らず、最前列の席から、最後尾の俺の席へと走ってやってくる人は、もう一人の俺の大親友、桜井悠里《さくらいゆうり》であった…。

その真ん丸で真っ茶色の目は、涙でいっぱいになっている。

ついでにそのふわふわの髪も、長い睫毛《まつげ》も、真っ茶色である。

色素の薄い同級生なのだ。

「あっ…ゆっ…悠ちゃんっ…お、俺はっ、もう本当に大丈夫だからっ…悠里のせいじゃないよっ、突然、こんなに雪が降るからいけないんだっ」

悠里は、俺が伯父の家に引き取られた小学校五年から中学三年まで同じ学校に通った幼《おさな》じみである。

高校も同じく秀麗学院に入学し、通算約七年の付き合いとなる。

気持ちが優しく、親切で、人気アイドル顔負けの笑顔で、クラス中を和《なご》ませ、誰からも愛される性格だ。

しかし、花月同様、実はかなりの捨て身で、体力はさほどないが、精神的に武道派だ。

一昨年《おととし》の夏、心臓病の大手術を受けた体であるにも拘らず、放っておくと何をしでかすかわからない、命知らずのチャレンジャーでもある。

ゆえに、この人から目を離してはいけない。

「先生っ、僕がっ、僕がいけないんですっ、僕がもう少し気を配ってたら、涼ちゃんが風邪をひくこともなかったのにっ」

「あ…いや…悠里…俺はベツにまだ風邪をひいたと決まったわけでは…。それに手袋なんて、関係ない…俺がちゃんとコートを着てくればよかっただけなんだから…。それより悠里は手袋と交換で俺にマフラーを貸してくれたじゃないか…。手袋より、マフラーの方が暖かいよ…だから悠里のせいじゃないんだっ…」

物理の授業中なのだが、今日も二年G組は大混線となってしまう…。

「本当、涼ちゃん…？　じゃあ僕のこと、怒ってない？」

この同級生のことを怒るなどという強者《つわもの》がいたら、教えてもらいたい。

「ああ…俺はとにかく平気だ…それより悠ちゃん…今はほら…一応…物理の授業中だし…せっかく先生が『熱とエネルギー』のことに関して、説明してくれてるみたいだし…悠里…そんなに俺のことで、無駄なエネルギーを消耗させることはないよ…」

教壇に立つ鹿内先生も、はらはらしながら悠里を見ている。

「じゃあ先生っ、お世話かけますが、僕、今日だけ涼ちゃんの隣に臨時の席を取ってもよろしいでしょうかっ？　不束《ふつつか》ですが、次期学院最高頭取の看病にあたりたいと思いますっ」

有無を言わせることもなく、幼なじみはすぐに教室の最後部から補助椅子《いす》を引っ張り出すと、ぴったりと俺の横に着席した。

その顔はもうすでに、満面の笑みだ。

どんなに表が吹雪《ふぶ》いていても、気がつくといつだって温かな友人に囲まれていた。

高校二年の三学期――。

雪の勢いは、とどまるところを知らなかったが、そこには長閑な時間だけが流れていた。

楽しい我が家　～A sweet home～

その日の午後、独り暮らしの俺のアパートの扉《とびら》を、誰かがバンバン叩《たた》いていた。

うちの玄関のチャイムは、錆《さ》びて鳴らなくなっているため、ドアをノックして中の人間を呼び出すしか方法はない。

「涼っ、大丈夫かいっ、開けておくれっ、お父さんだっ！」

かなり切羽《せっぱ》詰まった声で、騒いでいる。

俺の代わりに、花月が玄関の扉を開けに行くと――。

「なっちゃんっ、連絡ありがとうっ。涼が寝込んでるって、大丈夫なのかいっ？」

なっちゃんというのは、花月の『那智』という名前からきている愛称である。

そして、慌てふためいた様子で、六帖《じょう》一間の和室へ入ってきたのは、田崎《たさき》のお父さんだった。お父さんと呼ばせてもらっているが、俺の本当の父親ではない。

銀座で五本の指に入る画廊のオーナーである。

俺の母親は、父親のことを一切語らず、天国に召《め》されてしまった。写真すら一枚も残っていない。

たぶん、言うに言えない事情があったのだろう。

そして、その人は今きっと、どこかで生きているに違いない。その人に、迷惑をかけたくなくて、母は俺に父のことを一言も語らなかった。

父はたぶん、俺がこの世に誕生したことも知らないと思う。


「涼っ、可哀想《かわいそう》に――、熱はあるのかいっ？　頭が痛いんじゃないかっ？　薬は飲んだのかいっ？」

田崎のお父さんは、俺の顔を見るや否《いな》や、俺の額に手を伸ばし、熱のあるなしを確認している。

このように、俺のことを本当の息子のように心配してくれる、田崎のお父さんとは、現在も働かせてもらっている会員制の高級クラブで、二年前に知り合った。

あの時、俺はまだ卒業間近のほんの中学三年生――、必死の思いでようやく見つけた職場で、働き始めたところだった。

田崎のお父さんは、そんな新米の俺を、いつもいつもテーブル指名してくれたのだ。

後でわかったことだが、俺は田崎のお父さんの一人息子さんに、そっくりだったのだ。

写真を見せてもらったが、自分でも驚くくらい、その息子さんは俺に瓜二《うりふた》つだった。

しかし息子さんは、高校二年の時、自動車事故に遭《あ》い亡くなってしまっている。二十数年前の悲しい出来事だ。

しかも、田崎さんの奥さんは、その息子さんを生んだ年に、産後の肥立《ひだ》ちが悪くすでに亡くなっている。

独りぼっちになった田崎さんは、奥さんや息子さんに先立たれた寂《さび》しさ、やるせなさをすべて、仕事に打ち込んできた。

元気そうに見えるが、還暦《かんれき》はとうに過ぎている。

この二年、出逢ってからずっと、俺のことをいつも気にかけ、親切にしてきてくれた、今や俺にとっては、本当のお父さん以上の人だ。

「お父さん、大丈夫です…。学校で花月に紅茶を御馳走になったら、悪寒《おかん》も治まって…その後、友達に葛根湯を飲まされて…頭痛も治って…ベツに寝込む程のことでもないのですが、どのみち雪がすごく降ってきたので、電車が止まってはいけないということで、学院中の午後の授業はすべてカットされました。でも、花月と悠里が安静にしてなきゃいけないっていうので、俺、今、取り敢《あ》えず寝てるんです…」

しかしやはり、風邪は少しひいているらしく、熱は三十七度八分あり、喉も少々ひりひりする。

だけど平熱がいつも高いので、七度八分くらいは、たいした熱ではない。ちょっと体がだるい程度だ。

たぶん、一昨日《おととい》の高三生の卒業式で、講堂と校舎をばたばた走り回り、しかも先輩方の謝恩会の準備に奔走《ほんそう》し、知らぬ間に汗をかき、そのままにしていたら、すっかり体が冷えていたことにも気づかなかったのがいけなかったのだろう。

重ねて昨日《きのう》の放課後は、調べ物があるので、近所の図書館へ出かけたはいいが、風邪をひいている人間がものすごく多く、あちらで咳《せき》、こちらで咳のシャワーを浴び続けてしまったせいで、誰かしらから菌をもらったともいえる。

別に寝込まなくても、起きて安静にしてればいいだけなのだが、そんなこと花月と悠里が許《ゆる》すはずがなかった。

「お父さんっ、涼ちゃんはとにかくもう大丈夫だよっ。今夜の仕事は休ませるし、僕となっちゃんは、泊まっていくし、心配ないよっ」

なんと先程、悠里は、生姜湯《しょうがゆ》を作り、俺に飲ませてくれた。いったいいつの間に、どこでそんなものの作り方を覚えてきたのだろうと思う。

悠里はいつも、看病される側の人間だったのに。

その生姜湯は、今も俺を体の心からぽかぽかさせている。

そして、悠里に言われた通り、今夜の仕事は休むことにしている。仕事に出かけたいのはやまやまだが、お客さんに伝染《うつ》すわけにはいかない。これはサービス業として、最低限守らねばならないルールである。ゆえに先程、店のママに電話して、事情を話し、欠勤の了解を得ている。

後日、その分、多めに働く予定だ。

だけど、そんなことより、お父さんまで駆けつけてくれるなんて…。

花月は…いったいいつ、連絡を入れてたんだ…。

心配をかけてしまうだけだと思うのに。

あ…でも俺が、今夜仕事に行かなければ、結局、何があったかすぐにばれてしまう。

お父さんは俺の仕事日にはいつも必ず、店に顔を見せてくれるから。

「涼、辛《つら》かったね…。このところ涼は忙しかったし…きっと無理に無理を重ねたんだね…。しかし、秀麗はきっちりギリギリまで勉強をさせる学校なんだね…上級生の卒業式があった後でも、下級生たちはまだ、三学期の授業があるなんてね…普通の高校だったら、もうとっくに春休みに入ってるよ…。そうしたら涼も少しはのんびりできたのに…。でももう心配はいらないよ。お父さんがついているからね…。そうだ、実は今日は涼のために、いいものを持ってきたんだ。それさえあればもう、風邪なんて怖くないからね――」

お父さんはまくしたてると、いきなりアパートを出てゆき、下に待たせてある黒塗りのハイヤーへと戻ってゆく。

そして、再びアパートに戻ってきた時、その右手には、電器店から買ってきたばかりらしい、なんらかの小箱。左手にはやや大きめのずっしりとした箱を持っていた…。

なんとなく、これはマズいような気がする…。

「とにかく、今日という今日は、涼が嫌だって言っても、これだけは置いていくよ」

お父さんは、持ってきた荷物を一人でばりばりと開けてゆく――。

花月と悠里もすぐに手を貸してしまう。


「あっ――これは加湿器だねっ、お父さん、すごいよっ。そうなんだよねっ、風邪っていうのは、乾燥からくるんだよねっ。僕も寝る時とか、かならず加湿器のお世話になってるよっ。だから、風邪ってほとんどひかないんだっ」

悠里は右手を握りこぶしにして、興奮ぎみに語っている。

「あっ…でも、お父さんっ、俺っ、俺っ――」

どうしよう――俺のために買ってきてしまったんだ――。

「そんないいもの、頂くわけにはいきませんっ。加湿でしたら、俺、自分で霧《きり》を吹いたり、部屋に濡れたバスタオルとかを干して、湿度を保ちますからっ！」

田崎のお父さんには、散々お世話になっているのに…もうこれ以上、甘えていいわけがないっ。

「大丈夫だ、涼──。涼が私に散財させるのが嫌いなのは、知っている。だから、お父さんは今日、あえて、秋葉原《あきはばら》の激安量販店に行って、これを買ってきたんだよっ。この加湿器は特価も特価、通常の定価の半値以下なんだ。冬も終わりに近づいているので、とにかく投げ売り価格だった。涼は何も心配することはないっ」

お父さんはすぐに加湿器に水を入れると、コンセントを差し、さっそく機械を作動し始める。しばらくすると、こまやかな霧が加湿器の口からシュワシュワと出てくる。

「よかったですね、不破…。水も滴《したた》るいい男とは、こういう潤《うるお》いのある生活をするべきなんですよ。ここはひとつ、お父さんの優しさに甘えさせて頂きましょう？　お父さん、ありがとうございました…これで不破はもう二度と、風邪などひかないと思いますよ。私としても、ひと安心です…」

花月が半身を起こしている俺の背中をさすりながら言っているが…でも…それじゃあ…俺…お父さんに…悪いじゃないかっ…。

「いつも…いつも…こんなによくして頂くばかりで…なのに俺は…お父さんに何のお返しもできなくてっ…それじゃあ、俺…申し訳ないですっ…」

「涼が元気でいてくれることが、私の幸せなんだよ…。加湿器くらいで、涼が風邪をひかないですむのなら、こんなありがたいことはない…。涼が加湿器を使ってくれていると思うだけで、私はほっとするんだ…これを使ってくれることは、親孝行のひとつだと思っておくれね」

お父さんにそう言われると、言葉がなくなってしまう…。

「すみませんっ、俺…俺っ、つい先月は、地中海の豪華客船の旅に連れて行って頂いて、それって、世界がひっくり返るくらい、すごいことだったのに、その上また、こんなによくして頂いて…本当にすみませんっ。俺、もう、何てお礼を言っていいかっ…」

「涼、何を言ってるんだい…。私こそ、あの時は、世界がひっくり返るくらい楽しい時間を過ごさせてもらったんだよ。一人ではとてもとても、あんな楽しい旅はできないよ…。また一緒に行っておくれね…。悠ちゃんもなっちゃんも、あの時一緒に船旅に付き合ってくれて本当にありがとう…嬉しかったよ…」

お父さんが俺の頭をそっと撫《な》でながら、二人にも言う。

そうなのだ――。先月二月の中旬から十一日間、秀麗の入試休みと土・日を利用し、それプラス数日学校を休み、俺と花月と悠里は、田崎のお父さんの仕事上の友達が招待して下さった地中海豪華客船の旅に出かけたのだった…。

あれはもう別世界の十一日間だった。

はっきり言って、まるで天国を旅しているような、現世の言葉では語り尽くせない、夢また夢の大冒険だった。

「ホント、船は楽しかったよね～。成田《なりた》からパリに飛んで、パリからポルトガルの首都、ブルボン…じゃなくて、リスボンの港から客船は出航し…目指すはモロッコ…ジブラルタル海峡を抜け、地中海に入り、スペイン…そしてイタリアに寄港…あれって…スーパー・ウルトラ・ゴージャス・ドリーミー・ヴォヤ〜ジュだったよね〜」

悠里は十一日間の旅を思い出し、笑顔になってしまう。

そしてあの大旅行以来、悠里の英語はぐんぐん語彙《ごい》を増やしている。

「私も楽しゅうございました…。あの旅行から帰ってから、私の踊りは大きく変化したのです——恐らく、各国の最高の芸術に触れ、それが私の心や気持ちに大きな影響を与えたのだと思います。踊りながら、今までとは違う濃《こま》やかな気持ちを、表現することができるようになったのです。家元がすぐこのことに気づき、驚いておりました…。日本舞踊といえども、世界を見ることがこんなに大切なこととは思いませんでした。世界を見て、初めて日本というものを体で感じることができるようになるのですね…お父さん、本当にありがとうございました」

花月は正座のまま、田崎のお父さんに深々と頭を下げる。

しかし、地中海を旅して、日舞の芸を深めるとは、さすがに花月だ…。

「いやあ、なっちゃんはもともと感性が鋭《するど》いから、芸術からうける影響が誰よりも大きいんだね…これは将来がますます楽しみだ…」

お父さんは嬉しそうに言う。

「あっ、そうそう、それからお父さんはね…涼が風邪で寝込んで、退屈すると可哀想だと思って、これも一応、持ってきたよ…」

ハッ……すごく……どうしていいか……わからない……予感……。

せっかくなので、加湿器はありがたく使わせて頂くことにしても…今、お父さんが俺の目の前で大箱から取り出したものは……。

だめだ…それは…受け取れない…。

だって…それは…人として…許されない…贅沢《ぜいたく》…だ…。

俺は息を止めて、その電化製品を睨んでしまう。

「涼が絶対に、これは容易には受け取ってくれないだろうことを百も承知して、それでもお父さんは敢《あ》えて持ってきたよ」

今、俺の布団《ふとん》の横に、ドンと姿を現しているものは、て…て…テレ…テレ…ビ…だ…。

俺の心情を察してか、花月も悠里も口を挟まない。

「だ…だ…だめです――」

地底を這《は》うような声しか出なかった。

「そう言うのはわかってた。でもね、お父さんはわざわざ激安量販店に行って、涼の気持ちに一番負担にならない値段のものを探したんだ。本当だったら、横長のハイビジョンのやつを買ってあげたかった。画面も今一番人気のフラット・タイプのものを選びたかった。ついでにBSにも加入したかった。でもそれだと涼が絶対に嫌がるから、一番オーソドックスな、昔ながらの独り暮らし向きの一番小さなテレビを持ってきたんだよっ。これだったら電気代もかからない。だけど一応、これはステレオ放送だ。だから涼の好きな映画を英語で聴《き》くこともできる。しかも、2チューナーでビデオもついてる、いわゆるテレビビデオなんだ。テレビを見ながら、裏番組を録画できる。だって涼は語学が好きだろう？　NHKの英会話講座で勉強しながら、裏番組のハリウッド映画を録画することもできるんだ…。涼、これがテレビだから高いと思うのは、大間違いだよ。とにかくこれは旧式のモノなので、銀座で一回、フルコースのフランス料理を食べるより安い値段なんだ…ホントだ…お父さんを信じておくれ…。第一、お父さんはもう還暦を過ぎている。フランス料理は好きだが、あれはどうしてもバターが多量に使ってあるので、老体にはあまりにも負担だ…テレビを買って、フランス料理を食べない分、お父さんは健康になる。しかも涼はこのテレビから、益々《ますます》世の中の情報を学び、成長する。どうだ、みんなが幸せになると思わないか…？」

俺の気持ちを軽くしようと、お父さんはまくし立てる。

俺は引き続き、テレビを睨みながら肩で息をしていた。

「でも、お父さんは老体なんかじゃありませんっ。いつも若々しくて、はつらつとしてますっ。それにこの頃のフランス料理も、日本人の好みに合わせて、バターの量を減らし、さっぱりした風味のものが主流になってると、ラジオで言ってましたっ」

気が動転している俺は、どうでもいい説明に走っている。

「涼、そんなに困るんだったら、このお返しは、涼の風邪が治ったら、お父さんのうちに来て、夕食を作ってくれるということで、ひとつ手を打とうじゃないか…？　できればお父さんは、涼の作った貝のお味噌汁《みそしる》とか、里芋《さといも》の煮付けとか…ホウレン草のお浸《ひた》しとか…海老《えび》と野菜のかき揚げテンプラとか…後は、えっと…」

「お父さんっ、涼ちゃんの黒豆の煮たのとかもおいしいよっ♡　鉄クギとか入れて煮るから、本格的なんだよっ」

悠里がお父さんに加勢する。

「あと、そーですね…私、個人的には、アサリとシメジのスパゲッティーなんかもお薦《すす》めですね…。オリーブオイルの加減とトウガラシのピリっとしたカンジが絶妙なんです♥」

花月が笑顔で言う。

そんな三人のやり取りを聞いて、俺はとうとう噴き出してしまう。

「お父さん…本当にすみませんっ…こんなにお気遣い頂いてっ…散財させてしまってっ、俺…俺…このテレビデオ、一生大事にしますっ。それで大学を出て仕事についたら、お父さんに色々と親孝行させて下さいっ」

そうだ、初任給でお父さんに最高級のハイビジョン・テレビをプレゼントさせてもらおう。

あっ、でもお父さんは、もうすでにめちゃくちゃ大きい、最高級のハイビジョン・テレビを持っている！

女優さんの毛穴まで見えてしまう、恐ろしく性能のいいやつだ。

「涼、親孝行は大学を出なくてもいつだってできるよ。涼が、しょっちゅう私に会いに来てくれさえすればいいんだからね…私は涼と話してるのが、一番楽しいよ」

田崎のお父さんは、にこにこしながら俺に言う。

その優しい瞳《ひとみ》にいつわりはなかった。

風邪をひいて体はだるいのに、どうしてこんなに幸せなのだろう——。

幸せ過ぎて、少し怖い気がした。

＊

雪は、引き続き東京の空を真っ白に埋めつくしていた。

透き間風のひどいアパートなのに、寒さはまったく感じなかった。


「あっ…氷室《ひむろ》だっ…氷室が出てるっ！　すごいっ…あいつ本当に芸能人だったんだっ！」

お見舞いに来てくれたお父さんが、一旦画廊に戻り、悠里と花月の三人で、夕食の鍋焼《なべや》きうどんを食べながら、こたつでテレビを見ていたら、地中海の船旅ですっかり仲よくなった友人が、三十秒の携帯電話のコマーシャルに出ていた。

彼の名は氷室恵《けい》。芸名同じく、氷室ケイ。東京の聖林《せいりん》高校の二年生である。

彼と旅先で出逢った時、メディアに疎《うと》い俺は、彼が日本一の人気を誇る、名俳優だと教えられてもピンとこなかったが――もちろん初対面の彼のルックス等は、群を抜いて目立っていた――こうしてテレビ画面を通してみると、確かに大スターの風格がある。天才俳優のオーラが出ている。

何だかまるで、別人だ。

「だから言ったでしょ、恵クンって、今、日本中の女のコの人気をかっさらってるんだよ。あ、でももし、今、涼ちゃんが芸能界にデビューしてたら、恵クンの比じゃないね。きっと世界中が、涼ちゃんの魅力に悩殺パンチを受けてるよ。これは僕、誓《ちか》ってもいいね」

そんなことは誓わなくていい、悠里――。

「でも俺さ、本当に彼のことまったく知らなかったから…なんか、普通の高校生みたいに接しちゃってるだろ…。つい二、三日前も、携帯に電話もらって、また今度、鷺沢《さぎさわ》と遊びに行きたいって言われたし…。でも、そんな有名人だったら、こんな狭いアパート、びっくりしてるだろうな…」

鷺沢というのは、氷室と同じ高校に通う同級生だ。やはり同じ地中海の船旅で仲良くなったもう一人の高校生である。

晶《あきら》。彼は十七歳にして、今を時めくベストセラー作家だ。ペンネームは本名と同じく、鷺沢晶。六歳の弟さんと二人暮らしだ。

その氷室と鷺沢は、たまにふらりと俺のアパートに顔を見せる。

「何を言ってますか、不破…。彼らがあなたのことを気に入っているのは、あなたが、彼らを普通の高校生と同じように扱い、付き合っているからでしょう？　彼らはあなたにとって、私たち同様、普通の高校生の友達でいいのです。それが何よりなんです。不破のいいところは、別《わ》け隔《へだ》てなく人と接することです」

花月が俺に諭《さと》すように言う。

「そ…そうだよな…確かに、氷室も鷺沢も、俺にとっては、花月や悠里と同様、普通の高校生としての親友だし。あ、でも、花月と悠里は、それプラス、俺にとっては家族みたいなところがあるな…」

鍋焼きうどんには、お餅《もち》まで入っている。

この夕食は、花月と悠里の努力の結晶だった。

「ふう…このなっちゃん、今、ウルトラそのお言葉を期待しておりました…。確かに氷室と鷺沢は、今や私たちの大親友…。でも、でもっ、僭越《せんえつ》ながら言わせて頂きますと、私と悠里は、彼らより先んずること約二年、朝に夕にびっちりと、不破と密に日々を過ごしてきた、いわゆるファミリーを超えたファミリー、愛と涙と信頼と希望の上に成り立つ、怒濤《どとう》の血族なんですっ」

いつも大人な花月が、自分のことをなっちゃんと呼ぶ時は、かなりのハイテンションだ。そういう時は、たいていそっとしておいた方がいい。

そうだ——俺は食事に専念しよう。

あ…半分に切ってあるゆで卵が、うどんのおつゆにしみてておいしい——。

「ふう…僕の言いたいこと、全部、なっちゃんが言ってくれたよっ。そうなんだよねっ、この二年の内容は濃《こ》いよっ。バイクの轢《ひ》き逃げ事故に遭い、大怪我《けが》をさせられた上、高熱で意識を失う涼ちゃん…友達の恋愛のもめごとに巻き込まれ、とばっちりを受け、脇腹《わきばら》を刺され死線を彷徨《さまよ》う涼ちゃん…秀麗に入学する予定だったのに、その直前、事故で亡くなってしまった同級生の魂《たましい》を救おうと、自分の生気をも失っていきそうになった涼ちゃん…書店くじであてたロンドン旅行で、真冬のテームズ河に飛び込む涼ちゃん、あっ…これは、なっちゃんが先に飛び込んだんだよねっ。そして、どっかの高校生が牛丼屋さんのガラスを割ったのに、涼ちゃんが弁償するはめになり、短期留学の夢を捨てかけた涼ちゃん…けれど、なんとか無事、短期留学の夢も叶《かな》い、ほっとしたのもつかの間、その憧《あこが》れの地アメリカで、誘拐《ゆうかい》された富豪の息子を救出しようと、無免許で車を運転してしまった涼ちゃん…退学の危機、過去数回…いつも学年トップの成績なのに、一度、五位に転落し、奨学金がもらえなくなるかもしれない恐怖に沈んだ経験あり…ふう…思い出すだけで、僕、号泣《ごうきゅう》しそうだよっ…」

あっ…うどんをすすってる場合じゃなかったっ…。

悠里がこの二年の様々な出来事を振り返り、目の中にびっしり涙をためているっ。でも、俺たちって…今…家族だって…そういう心温まるカンジの話をしてたんじゃないのか…。

「ですから…不破…この様々な荒波を越えてきた私たちの絆《きずな》は強いってことです…おわかりですか…」

花月が自分のうどんに入っている『なると』をふうふう吹いている。

「う…うん…よくわかってる…俺…この二年…いつも、花月と悠里と一緒で…心強かったし…家族がいなくても…ちゃんと俺には、田崎のお父さんがいて、花月がいて、悠里がいて、あ…しかも、猫《キチ》までいて…寂しいって思うこと、あまりなかったから…」

花月と悠里の顔を見ながら、しみじみ感謝してしまう。

二人は俺の…掛け替えのない家族だ。

そして今、俺の膝《ひざ》の上にいる、高一の梅雨《つゆ》の夜拾った、ずぶ濡《ぬ》れだった子猫は、すくすく元気に育ち、なっちゃんから『なると』のおすそ分けをもらうと、喜んで嚙みしめている。

「そうだよ涼ちゃんっ、絶対に忘れないでねっ。僕は涼ちゃんの兄弟だよっ。涼ちゃんのためだったら、たとえ活火山『桜島』のマグマの中、オホーツクは流氷と共に流されるだけ流されても何の後悔もないよっ」

号泣一歩手前だった悠里は、すぐに復活してパワーを取り戻している。

『たとえ火の中水の中』というたとえを、バージョンアップさせていることからも、それがよくわかる。

「そう。とにかくこれからも頑張りましょうね。えっと…ところで、私たち、なんでこんな深い話になってたんでしょうか…」

えっと…だから…花月…それは…まず…氷室が携帯のコマーシャルに出てて…。

話が脱線し過ぎて、討論会発端の原因がわからなくなった俺らは、しばしテレビの画面に見入ってしまう。

しゃべり過ぎて、疲れたということもある。

しかし…我が家にテレビが来るなんて…。

これはある意味、革命だ…。

この六帖一間の和室が、世界の情報収集基地となった気分だ。

感無量である。

お父さん…本当に…本当に…ありがとう…。

俺…これからも…もっともっと親孝行させて下さい。

電波に乗って　〜TV tells another world〜

「えっ、まさか、そんなっ――いったいどうしてっ！」

深夜の最終ニュースを見ながら、花月がこたつで大声を上げていた。

夕食の後、俺はまたすぐ布団に寝かされ、静かに横になっていたのだが、その尋常《じんじょう》でない様子に目を覚ましてしまった。

「どっ、どうしたの、なっちゃんっ、その人、知り合いっ？」

花月の横で同じくこたつに入って、ミカンを食べていた悠里が尋《たず》ねていた。

「この方は、一条《いちじょう》グループ総帥《そうすい》のたった一人の息子さんで、大切な跡継《あとつ》ぎなんです。うちのすぐ近所に住んでらして…でも、…こんなに突然、亡くなられるなんて…まだあんなにお若いのに――」

経済界若手ホープの突然の訃報《ふほう》に、花月の声は沈んでいた。

一条グループというのは、不動産、建設業、ホテル業、サービス産業等で有名な巨大血族企業である。

バブルの崩壊でかなりの痛手は受けたが、それでも今なお隆盛《りゅうせい》を保っているトップ企業のひとつだ。

「近所って——花月、一条家と親しかったのか…？」

俺は布団から体を起こし、ショックを受けている相棒に尋ねる。

「あ…不破、ごめんなさいっ、起こしてしまったんですね…いえ、実は…この一条家の息子さんとは、近所のよしみで、小さい頃から可愛《かわい》がって頂いてたんです…。亡くなった方は、亮《りょう》さんって言って、すごく優しい…私にとっては…お兄さんのような方でした…」

花月の家は都心から少し離れた閑静な住宅街にあるが、そこらへん一帯はとにかく豪邸だらけだ。

建築基準があって、三十坪、四十坪の小さな家は建てられないんじゃないかと思う程だ。とにかく花月の家の日本家屋もびっくりする程の大きさだが、それに負けない程大きな屋敷が、ごろごろしている界隈《かいわい》である。

一条グループの跡継ぎが住んでいると言われれば、誰もが納得だ。

「御曹司《おんぞうし》って、まだ四十二歳の若さだって…。早すぎるよね…働き過ぎたのかな…。可哀想だよね…これから先、一条グループはどうなるんだろう…」

花月につられ、悠里もそのニュースをくいいるように眺めている。

「一条家は…家屋敷も然《さ》ることながら、お庭がとにかく素晴らしくて、桜の季節には、よく海外のお客さまを招いていらっしゃいました。そんな時、私やうちの流派の若いお弟子《でし》さんたちが駆り出され、亮さんが庭園内に作った舞台で、春に相応《ふさわ》しい演目を踊らせて頂いたものです…。亮さんは、日本の古典芸能が大好きな方でしたから…。でも、ここ数年は忙しくて、なかなかそのような風流な催《もよお》しも開けないでいたみたいです…。子供の頃の私としては、楽しい想い出でした…」

……なっちゃんは、会う度に踊りが上手《じょうず》になるね……

……家元の踊りとそっくりになってきたよ……

……これは、将来が楽しみだな……

……頑張るんだよ……なっちゃんには才能があるからね……

……僕はずっと…応援しているよ……

花月は、遠い日の記憶を思い起こしたのか、悲しげに肩を落とす。

「花月…元気だしてな……。人の寿命《じゅみょう》って本当にわからないから…辛いよな…。でもこうやって花月みたいに、仕事上のしがらみ抜きで、心から哀《かな》しんでくれる人がいるってことは、亮さんは幸せだと思うよ…」

一条グループの総帥のたった一人の跡継ぎ。

グループの期待を一身に背負い、日本経済という怒濤の海を、一人で必死に舵《かじ》を取ってきた人。

短かったけど、駆け抜けた四十二年の生涯が、夢と希望に満ちたものであったら、と祈るばかりだ。

「ホント、なっちゃん、元気だしてね…。なっちゃんが落ち込むと、僕まで悲しくなっちゃうから…」

あっ…悠里の瞳が、じわーっと涙で潤《うる》んできているっ。

「え…ええ…大丈夫です…。悲しいけれど、これが人生ですね…。会うは別れの始め…と言いますものね…。人生は一期一会《いちごいちえ》…。どんなことでも、出会った瞬間が、一生に一度限りであると心得るべきですよね…。ですから、今この瞬間もたった一度きりのことと考えないといけません…そうすると…なんだかすべてのことが無礼講に感じてきます…」

ハッ……花月っ……それは違うだろっ！

ぎゅう———。

布団からこたつに移動していた俺は逃げる暇もなく、例のごとく花月に、ぎゅうっと抱きつかれていた。

く…くる…くるっ…し…いっ……。

「あっ…なっちゃんっ、何やってるのっ、涼ちゃんは風邪ひいて具合が悪いんだよっ、なっちゃんが今、悲しいのはわかるけど、だからって、その悲しみを利用して、涼ちゃんの美少年パワーを思うがままに吸い取るのはやめてっ！」

悠里はこたつから飛び出し、身動き取れなくなっている俺を助けにくる。

「だって私は今、この世の無常を感じてるんですっ。もし、不破が明日、いきなりいなくなったら、どうしますかっ？　その時、後悔したくないでしょうっ？」

「何を言ってるんだ、花月っ、何の後悔だっ、それにどうして俺が、明日いなくならないといけないんだっ」

「だからなっちゃんっ、涼ちゃんは、熱があるんだよっ。なっちゃんがそうやって、ぎゅうぎゅう涼ちゃんを圧縮したら、それこそ涼ちゃんは明日いなくなっちゃうネっ。それ、人として許されないことヨっ。ここはヒトツこらえて、大人のなっちゃんに、戻ってほしいネっ。この桜井、那智さまにお願いしてるのことヨっ…たのむネっ…じゃないとワタシ、この場で大泣きするヨっ」

あれっ…悠ちゃんの日本語がヘンになっている…。

かなり気が動転しているみたいだ。

「ハッ…ゆ…悠里…申し訳ありませんでしたっ…。この花月…つい気が滅入《めい》ってしまい…涼ちゃんのウルトラ・ミラクル美少年パワーで癒《いや》されようとしてしまいました…。泣かないで下さいね…ヒトツよろしくお願いするネ…」

あ…でも花月は少し、元気になっているみたいだ…。

語尾が悠里のようになっていることだけ、気になるが…。

「ふう…那智さまにも困ったものですね…この桜井、時々、途方に暮れてしまいます…」

あっ、今度は悠里が花月のようになっている…。

この頃、この幼なじみは、くるくる人格が変わって面白い…。

あの地中海の船旅で逢った、小説家である鷺沢晶くんの担当編集者——冬夏《とうか》出版にお勤めの——勅使河原《てしがわら》遼太郎《りょうたろう》さん（三十二歳）の影響を強く受けているみたいだ…。

あの人も、人格が瞬時に変わって面白過ぎた。

今頃どうしているだろう…。なんとなく思い出してしまう。

「でもなっちゃん、よかったね…。少し元気になったみたい…。やっぱり、涼ちゃんのウルトラ・ミラクル美少年パワーはこういう時、効くね？」

悠ちゃんはもう…花月と意気投合している…。

「え…ええ…涼ちゃんのちょっと高めの体温が、この花月の冷えきった心に新たなるエネルギーを注ぎこんでくれたのです…」

「いわゆる『熱平衡』を利用したわけだね？」

「そーゆーことです。ふふ…♥」

俺たちはいつでも、この一瞬一瞬が愛《いと》おしく、大切に生きてゆきたいと思っていた。

＊

深夜のニュースは、どこもかしこも巨大血族企業、一条家の跡継ぎの急逝で大騒ぎだった。

俺たちは、テレビのチャンネルをパチパチ換えて、事の成り行きを静かに見守っていた。

「あのさ、この亮さんって、すごいハンサムだよね…とても四十二歳に見えないね…」

悠里はまったく違った観点から、ニュースを眺めていた。

「ええ…中・高生の時、近所でも評判の美少年で、毎日のように、女のコたちが、亮さんのお屋敷の前でうろうろしていたって、近所の方に聞きました…。勉強もよくできて…秀麗の宿命のライバル校と呼ばれる、あの名門聖ミラン学園に通っていたそうですよ…」

聖ミランか…あそこは、お金持ちの御曹司が多いので有名だ…。

校内を歩けば、政治家の息子、大企業の社長の子息にぶつかると聞いた。

「でも、亮さんはそういうことをまったく鼻にかけない、庶民的な人でした。ですから、町の人からの評判もよくて…」

「あのさ、関係ないけど、この人、どことなく涼ちゃんに似《に》てない？　目の涼やかなカンジとか、きりっとした眉《まゆ》の整い方とか、品のいい鼻筋とか、形のいい口元とか…あっ、耳の形も同じだ。二人とも福耳だね〜。この人きっと十代の頃、クール・ビューティーとか言われて、女のコにおっかけられてた口だね。あっ、それに漢字は違うけど、『りょうちゃん』繋《つな》がりで同じだね。『りょう』って名前は、イケてる男の代名詞なんだよ」

代名詞じゃない…固有名詞だ…悠里…。

それに悪いけど、俺は全然イケてない。スーパー・ウルトラ・ダイナミック地味王なんだ。

あ…でも…確かに…この人、どことなく俺に似てるような気もする…。

他人の空似《そらに》なんだけど…俺も四十歳くらいになったら、こういうカンジになるような気がしないでもない…。

すると花月と目が合って…相棒は「おや？」という顔で俺を見ていた。

俺もその相棒の考えていることが、何となく瞬間的にわかって…。

まさか…。

そんなこと、あるわけないじゃないか…。

「実は、この人、涼ちゃんのお父さんだったりしてね…へへ♡」

その突拍子《とっぴょうし》もない考えは、意外にも最初に悠里の口から出た。

誰も笑わなかった——。

「な、わけないだろ…悠里…」

俺が言うと。

「そ、そうですよ…」

花月がすぐにフォローしていた。

「うん、そーだけどさ。だって、似てるんだもん。名前の音も同じだし…。涼ちゃんって、昔、なっちゃんと同じ幼稚園に一年通ってたんでしょ？　その幼稚園って、なっちゃんの家の近くだよね？　ってことは、涼ちゃんも、その一年、幼稚園の近くに住んでたってことになるよね？　ってことは、たぶん、なっちゃんのご近所だろうし、と、いうことは、この亮さんのお屋敷のご近所だろうし…亮さんが関係あるかどうかは別としても、涼ちゃんのお母さんって、ひょっとして、ひょっとすると、ある時期、涼ちゃんのお父さんの家の近くに住んでいたことがあるかもしれないよね…。だって、みんな好きな人の側《そば》には、いたいものでしょう？」

悠里のものすごい頭の回転の速い分析に、俺と花月は言葉を失う。

確かにそうだ…俺は昔、花月と同じ幼稚園に一年だけ通ってた…。

その頃住んでいた家はどこだったかよく覚えてないが…でも、それは花月の住んでいる方のお屋敷町じゃないことだけは確かだ…。

俺は小さな古びたアパートに母と二人、静かに暮らしていた。

だけど、どういう事情かは知らないが、俺はその幼稚園を途中で退《や》めて、あの町を引っ越したんだ…。

これも非常に謎《なぞ》ではあった。

母は俺の名を呼ぶ時、いつもとても懐《なつ》かしそうな顔をしていた。子供心に、俺の名前が何かしらの想い出を含んでいることはわかっていた。

きっと俺の父親は『涼』という漢字の一字を使っているに違いないと信じてきたが、もしかして、同じ響きで違う漢字を使っていることだってありえる…。

真剣に考えながら、でも結局、俺は途中で、プッと噴き出してしまった。

「そんなことないよ――。ゼンゼン関係ないって。だって一条グループの御曹司だよ。なんで、そんなすごい人とうちの母親が知り合えるんだよ」

幼なじみの推理は、プロ並みのレベルだ。

「悠里…小説家になれるよ…それか…二時間ドラマの脚本家でもいいと思う…。そんなことよく思いつくよ」

でも…四十二歳か…。

うちの母親も生きていれば、そのくらいの年になる…。

「そっ、そうだよねっ。そんなわけないか。僕、テレビの見過ぎだよね。へへっ」

悠里もようやく笑い出してしまう。

「でも、亮さんって、本当に優しくて、思いやりがあって、頑張り屋で…まっすぐな人で…そういうところは、そう言われれば、本当に涼ちゃんと似てました…美少年はきっと、似るんですね」

花月がしんみりと言いながら、しばらくじっと考えてしまう。


俺は俺で、ふと思い出していた。

母の形見《かたみ》の数々——。

伯母《おば》がずっと預かってくれていた俺の母の形見は、あの当時の母には絶対買えないような高価なものばかりだった。

それらの品はつい三カ月程前、伯父伯母一家の引っ越しを機に、俺の元へと届けられたのである。

上品な焦《こ》げ茶のツーピース、トカゲのハンドバッグ、真珠の腕時計、ルビーとエメラルドのちりばめられた指輪、革の宝石箱——すべてが、銀座の一等地にある、老舗《しにせ》宝飾店のものだった。

二十代、三十代の女性が、ボーナスをはたいても買えるとは思えない値段の品々だ。

母は、俺が生まれる前に、それらの品を贈られていた。

それは十中八九、間違いなく、俺の父親からのプレゼントだ。母は贅沢をしない人なので、自分でそれらを買うはずがないからだ。

そして、それだけ高価な贈り物ができる相手は…恐らく…母とはかなり身分の違う…裕福な育ちの人間だろう…。

だけど…だからって、それが…一条家の御曹司と繋がるわけがない。

でも…なぜ…あの幼稚園での一年…俺は花月の家の近所に住んでいたのだろう…。

深く考えたことはなかったけど…そこには何か秘密が隠されているかもしれない。

一条亮氏と関係がないとしても、俺の父親のことを知る手がかりが、あの町のどこかにあるのかもしれない。

*

「あっ、不破くん、大丈夫かいな…もう登校してきても、平気なん?」

翌日、二年G組の教室に入ると、京都出身の桂木《かつらぎ》がやってきて、俺を心配してくれる。

昨日、風邪気味の俺に、即座に葛根湯を飲ませてくれたクラスメートだ。そのお陰で、俺は早めに回復することができたと思う。

降り続いた雪もすっかり上がり、今朝は青空が顔を出していた。

校庭では解け出した雪が、湯気を上げ、空に帰ろうと蒸発を始める。


「おっ、なんだ不破…元気じゃないか…。今日、休むようだったら、放課後、見舞いに行こうと思ってたんだ…。ほら、俺、キンカン、買ってきちゃったよ。風邪とか喉の痛みに効くんだって。皮ごと食べとけよ。色男は体が資本だからな…」

どこかのフルーツ店で勧められたらしい果物を、手提げの紙袋ごと俺に手渡すのは、速水《はやみ》真雄《まお》である。

二年半程前、交通事故に遭い、一年休学して、また秀麗に復学した陸上部のホープだ。

「あれっ、代表、いいのか、出てきたりして…。無理したらだめじゃないか。じゃあほら、これ持ってなよ。暖《あった》かいから」

一年程前まで、学院には内緒でトップ・モデルの仕事をしていた皇佑紀《すめらぎゆき》が、度のキツイ眼鏡《めがね》の向こうで俺をじっと見ていた。

自分の制服のポケットから使い捨てカイロを取り出すと、すぐ俺に握らせてくれる。

「さすが、不破くんは回復が早いね…もう出てきて大丈夫なんだ…。あ…ところで、春休みのバイトどうする…？　またいつもの工事現場で、僕も働かせてもらっていいかな…」

FRUITs

極秘の部分だけ小声になるのは、俺同様、毎学期、学院の奨学金をかけて、学年三位以内の成績を死守するバイト仲間の森下葉《もりしたよう》である。

母一人子一人で、頑張って生きている。

以上、四名は、花月と悠里同様に、高一の時からの大親友で、俺の境遇プラス学院に内緒にしているトップ・シークレットの数々を知り尽くしているメンバーだ。

みんないつだって俺のことを気にかけてくれる、心優しい仲間たちだ。

「本当にみなさん、ご心配おかけしました…。でももう不破はこの通り完璧《かんぺき》に復活しました。来学年の学院最高頭取に相応《ふさわ》しいプリンス・ザ・ウルトラ・ダイナミック・パワー・ビューティーの称号を与えられてもいい程に、爽やかに生まれ変わりましたので、安心して下さいね」

そう言いながら、俺の背中をさすってくれるのは、一緒に登校した花月だ。

今朝もやんごとない、雅《みやび》やかな笑顔をクラス中に振りまいている。

悠里は悠里で、花月の言葉に深く頷きながら、みんなに人気アイドル顔負けの笑顔をピカピカ光らせている。

確かに俺は、花月と悠里の看病のお陰で、今朝はすっかり体調を取り戻していた。はっきり言って、絶好調かもしれない。

でも、ひと言言わせてもらうと、プリンスうんぬんパワー・ビューティーがどうのこうのというのは、俺とは無関係の称号だ。そんな称号は必要ない。

「みんな…昨日は本当に心配かけちゃって悪かったな…。俺…風邪なんて、めったにひかないんだけどさ」

俺は集まっているクラスメートに言った。

「でも僕、本当に心配したよ…不破くんって、強靭《きょうじん》な体力なのに、ダウンすることってあるんだな、と思って…」

バイト仲間の森下はぽつりと呟《つぶや》く。そして、あっ、と思い出したように——。

「そうそう、それで昨夜《ゆうべ》、テレビを見てたら、不破くんタイプのどこぞのハンサムな御曹司が突然亡くなって、大騒ぎになってるじゃない…。しかも名前まで一緒でさ…。僕、急になんだか、不破くんは大丈夫かな、容体が急変して苦しんでないかなって、不安が押し寄せてきちゃって…夜中、不破くんに電話しようと思ったくらいなんだよ…。でもまあ、よく考えると、悠ちゃんと花月くんがついてるわけだから、大丈夫かなって、思い直してやめたけど…結構、心配したんだ…不破くんも、ほら…いつも働き過ぎだろ…？」

ここに来て、また一条亮の話題だ…。

俺はそんなにあの人に、似てるだろうか…。

「ああ…そっかそっか…あの財閥の御曹司…不破に似てるんだ…俺も昨夜、テレビを見てて、この人、どっかで会ったことがあるよなあ…この顔、なんか和むなあ…とか思ってたんだ…なるほどね…あの人、不破に感じが似てるんだ…。でも過労死だなんて、気の毒だったよなあ…不破もあまり頑張り過ぎるんじゃないぞ…」

速水が俺に諭すように言うが…あの人は…いったい…俺の…何なんだ…。

本当にまったく関係ない人だろうか…。

花月も悠里も、押し黙って考えこんでしまう。

「で、どーなの、不破くん…すっかり元気そうじゃない…顔のツヤもよくて」

ハッ…しまった…担任の鹿内先生がすでにホームルームに現れていた。

「あっ…はい…昨日はご心配おかけしましたっ。お陰様で、もうすっかり、元気ですっ」

慌てて、いつもの窓際の特等席へと走ってゆく。

クラス中もそれぞれが自分の席に着いたと思ったが——。

「あのー、そこ——。えっと、那智くん…と言うか…那智さま…。えっと、私…那智さまの担任をさせて頂いて約一年になろうとしている、鹿内と申します。担当教科は物理…。えっと、そんなことより何ゆえ、今朝の那智さまはお席にも座らず、そうしてロッカーの前で立ち尽くし、腕組みをし、私に背中を見せているのでしょうか…。しかもコートも脱いでらっしゃらないご様子…」

昨日の花月の激しい物理的理論攻め反撃に懲《こ》りたのか、今朝の鹿内先生は少し気弱になっていた。

しかし花月は依然、コートを着たまま、マフラーを巻いたまま、手袋をはめたまま、教室最後部でじっと考えこんでいる。

と、思うと――。

「こうしてはいられません、不破っ、行きますよっ――。とにかく、少しでも気になることは、瞬時に解決しようじゃないですかっ」

何を考えているのか、わからないが、花月は学生鞄を持ったまま、教室を出てゆこうとする。

「オッケー、わかったよ、なっちゃんっ。そういうことなら、僕もお供するよっ」

最前列の席から駆け出してきたのは、悠里だ。

自分のロッカーに行き、コート類を取り出し、登校直後にも拘らず、すでに下校の準備に入っている。

「えっ…？　あっ、あのっ、那智くんっ、悠ちゃんっ、どこに行くのっ？」

鹿内先生は、しどろもどろになっている。

「大丈夫です、先生。私、今日の授業はすべて、今夜自宅できっちりと行いますのでっ。申し訳ありませんが、私、今日はこれより欠勤させて頂きますっ」

「えっ⁉　なっ、何言ってるんだよ、那智くんっ、欠勤って、何っ？　君、この学院の従業員でも何でもないだろっ？　那智くんは確かに大人だけど、一応、学生さんだよっ。早退したいってことっ？　せっかく来たのにっ？　どうしたのっ、弁当忘れたんだったら、先生のをあげるからっ！」

花月は鹿内先生の言葉を振り切り、俺に帰宅の準備をさせると、廊下に連れ出す。

「先生っ、すみませんっ、この花月、ちょっと大切な仕事を思い出したものでっ。この借りは、いつか必ずお返しさせて頂きますっ…」

「いや、那智くんっ、借りとかそういうことじゃないよっ。どーして、次期学院最高頭取まで連れてっちゃうのっ。あっ、悠ちゃんっ、そんなに走ったら、心臓に悪いよっ――」

俺は、花月と悠里に引っ張られるまま、秀麗学院の正門を飛び出していた。

時の入り口　～Entrance to the past～

「あらーっ、なっちゃん…久し振りね～。こんなに大きくなって。でもすぐわかったわよ」

五十過ぎぐらいの、目の前の優しげなご婦人は、花月を見上げるといかにも嬉しそうに笑っていた。

「園長先生、覚えてらっしゃいますか？　こちら、涼ちゃんです。私がいつもくっついて回っていた、あの涼ちゃん――。不破涼です――♥」

花月がすぐに俺を紹介する。

そして俺はぼんやりと…思い出していた…この人の…この声…この笑顔…。

俺はこの人を、知っている。

「ええっ、あなたが、あの涼ちゃんなのっ？　年少さんの時だったかしら、うちの幼稚園に通ってくれてたわよね？　あら、まあっ、ホントだわっ、面影《おもかげ》が残ってるわねっ。ええ、ええ、思い出したわ、あの涼ちゃんねー。幼稚園中の女のコが、みんな騒いでたもの…お昼ご飯になると、誰もが涼ちゃんの隣に座りたがって…でも結局、なっちゃんがいつも隣に座っていたのよね…」

さすがに園長先生だ…よく覚えてるな…俺はすっかりこの人のことを忘れていたっていうのに。

でも、花月ってあの頃から、俺の隣に陣取ってたのか…。今と状況はほとんど変わらないのだな。

俺ら三人は、小一時間前、鹿内先生の悲鳴を背中に浴びながら、秀麗学院二年G組を後にしたが、向かった先は、花月の家の近くにある、俺が昔一年くらい通っていた幼稚園だった。

俺の母がなぜ、その町でしばらく暮らしていたのか、理由を知るためだ。

まず通っていた幼稚園に行けば、何かわかるかもしれないと花月は思ったのだ。

それで俺を学校から引っ張りだした。

一条家と俺の母が何らかの関わりがあるのかどうか、そこまではたぶん知ることはできないだろう。でもまずなぜ、母がこの町に移り住んだのかを知る必要はある。

一条氏と母が、関係ないのなら関係ないと、はっきりさせておきたい。

テレビの報道を見る度、ざわざわする胸のうちの理由を知りたい。

なぜって、もし、万一――いや億が一にも、一条氏が俺の父親だったら――もちろん、そんなことはまずないが、でももしそうだった時のことを考えて、何もしないより、何かしておいた方が、後悔しないはずだ。

でも、俺としてはその人が俺の父親でないことを、強く望んでいる。

だって、ようやく父親の存在がわかったと思ったら、その人は亡くなっているなんて、あまりにも悲しすぎる。

だから今は、とても複雑な気持ちだ――。


「で、そちらの坊やも、先生のところの卒園生かしら？」

園長先生は悠里を見て、にこにこ笑う。

俺ら三人はこういう人の前に立つと、ただの幼稚園児みたいな気持ちにさせられてしまう。

たぶんかなり子供好きの先生なのだ。

そう言えば俺も、この人には随分可愛がってもらった気がする。

「あっ、いえ、僕は残念ながら、先生のところの卒園生じゃありませんっ。でももし当時、涼ちゃんが、ここにいるってことがわかっていたら、僕は這《は》ってでもここに通っていたと思いますっ」

悠里…神奈川の海岸町にある悠里の家から、この幼稚園まで、二時間以上かかるよ…。

越境して通うほど、特別有名な幼稚園じゃないから…這って通うとかそういう発想はやめた方がいい…。

「悠里…あなたは今、不破と一緒の学校に通っているのですから、昔のことは、諦《あきら》めましょうね…。それにこれからだって、私たちは不破とずっと一緒です…この命、ある限り…」

花月が悠里を諭し、幼なじみの気持ちは一旦落ち着きを取り戻す。

しかし最後の発言の部分は、なんだか趣旨が違う…。

「実は先生っ、僕ら涼ちゃんの昔の住所を知りたくて、ここまでお訪ねしたんですっ。あの、不躾《ぶしつけ》ですみませんが、十二年くらい前の生徒さんの住所録とか残ってますか？」

早速悠里が、俺らの代わりに、園長先生に頼んでいた。

幼稚園の庭では、大勢の子供たちが、ジャングルジムや砂場で遊んでいる。

少しも変わってない…ここに来てようやく思い出した…この幼稚園は当時とほぼ同じだ。

短い期間だったけど、俺は確かにここに通っていた。

どうしてずっと忘れていたんだろう…。

きっと…突然ここに通うことができなくなって、子供心にも悲しかったんだろう…。

忘れることが、きっと元気になる一番の近道だったに違いない。

子供は生命力が強いから、無意識に新しい生活に順応しようと努力する。

「住所録…？　ええ、十二年くらい前だったら、きちんと記録は残ってるわ。さ、じゃあ中へお入りなさい…きっと懐かしいわよ…」

園長先生が手招きしてくれた教室へと、俺らは入ってゆく。

そこは積み木やら、ゴム毬《まり》やら、輪投げやらが散乱する南向きの部屋で、春の日差しがぽかぽかと暖かかった。

……ねえ、涼ちゃん…今日は那智に鉄棒教えて……
……うん…いいけど…なっちゃんは踊りを習ってるから、
鉄棒から落ちて、怪我すると危ないよ……
……だいじょうぶ…那智は涼ちゃんみたいに…何でもできるようになりたい……
……オレはベツに何でもできるわけじゃないよ。
なっちゃんみたいに、折り紙とか上手《じょうず》じゃないし……
……でも、那智は折り紙より、鉄棒でぐるぐる回ってみたい……

「不破…何を思い出し笑いをしてるんです…」

気がつくと、勘《かん》のいい相棒が俺を睨んでいた。

今や鉄棒なら、トカチェフでも大車輪でもやってしまう勢いの運動神経の持ち主である。

親友ながら、しみじみ立派に育ったものだと、感心してしまう。

「はい、お待たせしました…これが涼ちゃんの住所よ…。ここからちょっと離れてるけど、歩けばまあ、あなたたちの足で十分くらいかしらね…。商店街を抜けた先になるわ。でも、あそこらへんって、土地開発が進んで今は新築の住宅が所せましとぎっしり建っているから、今もその住所のアパートが残っているかどうか、わからないけど…。とにかく、ここ十五年でこの町も大きく変わったからね…」

園長先生の言う通り、確かに、この町はすっかり新しく生まれ変わっていた。

いつも花月の家に遊びに行く時、そこは昔自分が住んでいた町のはずなのに、まったく懐かしい気がしなかったのは、そういう理由だ。

駅周辺は特に改良工事が進められ、駅も鉄道も今は地下に潜《もぐ》ってしまっている。

俺が住んでいた頃には、確か、駅は地上にあり、鉄道も間違いなく表を走っていたのだ。

今、駅と鉄道を地下に収めた分、地上にスペースが生まれ、そこにはおしゃれなイタリア料理屋さんやら、ドイツパン屋さんやら、フランス風カフェやら、高級マーケットなどが誕生していた。

その、洗練された様を眺めながら、花月の家に向かう時、いつも思うことは、ここが本当に俺が母と過ごした町なのだろうかという疑問ばかりだった。

花月いわく、駅と鉄道が地下に潜ったのは、ここ七、八年のことらしい。

俺らは親切な園長先生が下さった、この近辺の地図のコピーを持って、俺が昔住んでいたアパートへ向かっていた。

しかし残念ながら、園長先生は俺の母のことまでは、よく覚えていなかった。

なぜなら、当時から母は口数の少ない人で、俺を幼稚園に迎えに来ると、笑顔で先生方に挨拶《あいさつ》をし、そのまま俺を連れてそっと立ち去ってしまうような人だったからだ。

他の園児のお母さんたちと、語らうようなこともなかったという。

幼稚園を退める時も、引っ越すことになったのでという理由だけで、この町を後にしたらしい。

幼稚園側は、母が一人で俺を育てていることすら知らなかった。もちろん、どこへ越して行ったのかも、知らされてない。

母は自分の境遇を簡単に語れない、何かを抱えていたのだろう。

それはうすうすわかっていたが、母はどうしてここまでして、一人で頑張ってしまったのだろう。

心細くはなかっただろうか。

寂しくはなかっただろうか。

俺はそんな母の心の支えに、少しはなっていただろうか。

いつだってそう願って止まないんだ――。

昨日の大雪が両脇に避《よ》けられている商店街の歩道を、俺と花月と悠里はずんずん歩いてゆく。

駅の西口は豪邸が立ち並ぶ、有名なお屋敷町。

今歩いている東口は、昔ながらの商店で賑《にぎ》わうやや庶民的な町。

俺たちが歩いているのは、花月の家とは逆方向の東側の町である。

そこには自家製シュウマイの店、手作りの豆腐《とうふ》屋さん、昔ながらの衣料品店、繁盛してるかどうか謎の金物屋さん、おばあちゃんが一人で店番をしている和菓子屋さん、主婦がこぞって並んで買っているお総菜屋さん…と、暮らしに密着した商店が軒を並べていた。

こちら側はかなり暮らしやすい雰囲気の町並みである。

「不破、この商店街に記憶はありますか…？　と、言っても、今や歩道には洒落《しゃれ》た洋風タイルがはめ込まれ、いくつかの店は、新装開店して、十数年前のイメージとは少々違って、かなりモダンになりましたけど、基本的には駅前周辺よりは、変わってない場所だと思いますよ」

俺はきっと、母とこの商店街を歩いたに違いない…。

しかし、まだ四、五歳の時のことである。記憶にあるかと言われても、自信はない。

「ま、歩き回っていくうちに、何かぽつりぽつりと思い出すことがあるかもしれません…」

花月は励ますように、俺に言った。

それから長い商店街通りをしばらく歩いてゆくと、とある店のショーウインドーが、俺の視界に飛び込んできた。

古道具屋さんだった。

何年も磨《みが》いてないガラスの奥に鎮座《ちんざ》していたのは、陶器でできた、それはもう鮮やかな色使いの布袋《ほてい》さんであった。恐らく、日本のものではない。中国本土の布袋さんだ。

体長四十センチくらい…太鼓腹《たいこばら》を露出し、にこやかな笑顔で表を行き交う人を眺めている。

その布袋さんの背後には、五センチほどの小さな神々が大勢くっついて、いかにもご陽気そうだ。

「あ…花月…俺、この布袋さん覚えてるよ…。なんかすごい派手な色使いだなあって、いつも立ち止まってこれだけじっと見てた記憶がある…。それにほら、えらい楽しそうな顔してるだろ…この布袋さんもその周りにくっついている神様たちも…。うわぁ…俺、これ、覚えてるよ…」

不思議なことから、記憶は戻るものである。何だか嬉しくなってきた。

店に入り、古道具屋のご主人に訊《き》いてみると、その布袋さんだけは売り物ではなく、店ができた当初から、千客万来の置物として窓辺に飾《かざ》ってきたそうだ。

俺の記憶はどうやら間違っていなかったようだ。

たったひとつの古美術から、ぽつぽつと記憶は戻ってくる。

俺は、間違いなく母に連れられ、この町を歩いていたのだ。

何だか胸がいっぱいになる。


古道具屋を後にし、商店街を抜け、次は民家の密集した住宅街へと入ってゆく。

この付近は先の戦争で運よく空襲に遭わなかったため、今も区画整理がなされておらず、どの道も狭くごちゃごちゃごちゃしている。

そのごちゃごちゃした感じ、家と家がひっつきそうになって建てられている感じ、あるいは車一台通るのがやっとの路地…などが少しずつ俺に懐かしさを取り戻してくれた。

俺は確かに…この町に…住んでいた、という実感が湧《わ》いてくる。

「でもさ、よく考えるとすごい縁《えん》だね、涼ちゃんとなっちゃんって…。だってもう、四、五歳の時から、すっかりお近づきになってたんだよね。僕、なんかもう一歩も二歩も出遅れたっていうカンジがするよ…」

ハッ…先程から黙りこんでいるとは思っていたが、気がつくと、悠里がすっかりトーンダウンしているっ。

「ゆ…悠ちゃんっ…その、出遅れたっていうのは、意味がよくわからないけどっ、悠里と俺は、ほら、小学校五年から中学三年まで、ずっと一緒の学校だったっていうか…えっと、今も同じ高校だしっ…」

と、言っても、小・中学校時代は、それ程悠里と親しいわけでもなかった俺だ…。

だって、悠里ってすごくいい家のお坊ちゃんだったし、明るくて優しくてみんなに好かれてて、その対極にある俺みたいな男と会話が合うとも思えなかったし…。

「でも小・中学校の時は、ただ一緒の学校に通ってるってだけで、涼ちゃんは雲上《うんじょう》の人だったよっ。僕が廊下で涼ちゃんとすれ違って、『不破くん、元気？』って訊いても、涼ちゃんは『ああ…』ってそれしか言ってくれなかったっ」

それを今、言われてしまうか…。

胸がずきずき痛むじゃないか。

「悠里っ…何を言ってらっしゃるんですかっ！　私なんてねっ、いきなり不破がいなくなってしまったんですよっ。『じゃあまた明日ね』、とか言っておきながら、その日を境に不破は幼稚園に来なくなったんですっ。そのショックがあなたにわかりますかっ！」

ハッ…花月がそんな古いことを蒸し返すっ…。

悠里以上に怒ってるじゃないかっ。

「いいですか、悠里？　『また明日――』って言われて、その明日が十年後なんですよっ。それで逢ってみれば不破は私のことなどすっかり忘れて、『てめえ、いいかげんにしろっ。もう俺にかまうなって言っただろ！』って怒鳴《どな》るんです…うー…しくしく…」

花月は秀麗に入学したての時のことを言ってるんだ…俺は…あの頃…すごく閉鎖的で…人

となるべく関わらないようにしようと思っていたから…。

だって俺はあまりにも多くの秘密を抱えていたし…。

でも、そんなにひどいことを言ったのだろうか…。いや…たぶん言ったのだろうな…。俺って、ひどい…ひどすぎる…。

「涼ちゃんっ、何でそんなことを言ったのっ、なっちゃんに謝《あやま》ってっ！」

賑わう商店街通りで、悠里に一喝《いっかつ》された。

二対一でもう俺の負けだ。

「あ…あのっ…ご…ごめん…花月…。俺、花月があの幼稚園のなっちゃんだとは、思いもしなくてっ…だって、花月もすごく変わっていたからっ…」

母との想い出の地を歩きながら、俺は窮地《きゅうち》に追い込まれていた。

「いえ、いいのですよ、不破…。実は私、秀麗入学当初の、ナイフのようにとがりにとがった涼ちゃんも、結構好きだったりします…。あの頃はよく、白目を青くして、怒ってましたよね♥」

大人な花月はすぐに許してくれるが、俺ってそんなにキツい印象だったのか…。

改めて大反省してしまう。

「えっと、そ、それに…ゆ…悠ちゃん…ごめん…俺、小・中学校の時、もっと悠ちゃんとトークを弾《はず》ませてたら、きっともっと楽しい学生生活が送れていたと思う…」

早く心を開いていれば、こんなに気持ちが楽になったのに——。

母を亡くしてからの俺は、自分の殻《から》に閉じこもり、ずっと意固地《いこじ》になっていた。

一人で生きていかなくてはいけないと思い込んでいたので、あの頃、信じられるのは、いつだって自分だけだった。

そして、頼れるのも自分だけ。

自分一人で生きてゆけるわけもなかったのに——。

「ハッ…涼ちゃんっ、ごめんねっ、僕、なんか今、ちょっと厳しく言い過ぎたっていうか、涼ちゃんは悪くないよっ、僕がいけないんだよっ、だって僕がっ、僕がっ、今イチ芸のない、面白みに欠ける人間だったから、涼ちゃんのお眼鏡に適《かな》わなかったっていうか…そういうことなんだよねっ？　僕、自分が涼ちゃんにお声をかけてもらえるような人間に育ってなかったくせに、当時多くを望み過ぎてたよっ。許してっ」

「いや違うっ…悠里は…芸が細かいし、面白いっ…。俺こそこんなに面白みのない人間なのに、よくここまで付き合ってくれたと思うっ…。俺、悠里にも花月にも、すごく感謝してるんだっ。信じてほしいっ」

「ホントっ？　僕、涼ちゃんに芸が細かいって言ってもらえるとは思ってなかったけど、じゃあ僕は今のままの僕でいいんだねっ？　そういうことなら、これからも全力でありとあらゆる芸を磨いてゆくよっ」

一瞬、悲しみに暮れそうだった悠里だが、再び鼻息が荒くなっている。

よかった——。

「ふう…これで古い問題の数々も一件落着ですね…。ついこうして、昔探しの旅に出ると、色々なことを思い出してしまうものです…。でも一番大切なのは、今…不破がいて、私がいて、悠里がいる…このトライアングル・コンビネーションが、私たちのパワーの源《みなもと》ということです」

花月の言葉に、悠里も笑顔で頷いてくれる。

昔探しの旅か…。

十数年前、母はなぜこの町に来て、俺を育てようと思ったのだろう。

この町は母に、幸せの想い出を作ってくれただろうか。

俺が覚えているのは、いつだって母のほころぶ笑顔ばかりだ。

俺の母は幸せだったと思う。

俺だけはそう信じてる。

だって俺はいつだってあんなに愛されていたのだから——。

「うーん…やはり、なくなっておりますか…」

花月が腕組みをして、うなってしまう。
＊
俺らは園長先生の教えて下さった住所へたどり着いたが、そこらへん一帯のほとんどは、新築の小さな家々で、完全に新しい町を形成していた。

それというのもバブルの頃、東京二十三区内の土地の価格は高騰し、土地を相続しても、固定資産税を払えなくなり、やむなく相続した土地を手放し郊外へ移っていく人が少なくなかったからである。

特にこの近辺は、東京の中でも土地の価格が恐ろしいほど値上がりした地域だ。

その証拠に、昔からの家はまずほとんどが取り壊されて姿を消している。

立ち並ぶどの家も、どう見てもここ十年、あるいは五年以内に建てられた新しいものばかりだ。

俺らが今、呆然《ぼうぜん》と見上げている家も、ここ二、三年程前にでき上がったものと見受けられる。

そこにあるのは、二十坪ほどのまだ真新しい小さな家――。

でも、もしかしたら、所有者はひょっとして、以前、俺と母が住んでいたアパートの家主ということも考えられるので、俺らは一応、意を決して、その家の玄関チャイムを押してみた。

何か昔の話を聞けるかもしれない、と。

小さな期待を抱いて――。


しかし、玄関に出てきてくれたのは、まだ若い奥さんだった。

彼女は三年ほど前、建て売りになっていたこの家を、結婚すると同時にご主人とともに購入したらしく、以前の所有者のことはまったく知らなかった。

それでも諦めない俺らは、近所の家を一軒一軒回って、情報を集めようと躍起になったが、古いアパートのことなど、知る人は一人としていなかった。

家が建てられるずっと前に、アパートは取り壊され、そこは長いことさら地になっていたからだ。

町はこの十年で、もう本当にすっかり、所有者が入れ代わっていた。

これも一種のバブルの爪痕《つめあと》なのかと、思い知らされる。

俺らは肩を落とし、想い出の地を去るしかなかった。

闇《やみ》の情報網　～Network in the dark～

「兄《にい》さんっ――兄さんじゃありませんかっ！」

三人で肩を落としながら、駅へ続く商店街を再び戻ってゆくと、正面から来た恐持《こわも》ての男性がいきなり声を張り上げていた。

年は三十歳くらい――。

ピカピカに光っている白いエナメルの靴。短い髪にあてたパンチパーマ。この寒いのに、大きく開いた開襟シャツの首もとには、眩《まぶ》しい二十四金ネックレス。革ベルトのバックルには、どこかのブランドの馬のマークが燦然《さんぜん》と輝いている。

どう逆立《さかだ》ちしても、サラリーマンとか、商店の人とか、当然俺ら誰かの知り合いとも思えない。

その男性は、背後に若い衆《しゅ》二、三人を従え、着実にこちらに向かってくる。

みんな不必要な程に眉を細く整えている。

いわゆる、シロウトさんではない。

腕っ節が強く、度胸と義理で世の中を渡ってゆく方々だ。

俺と悠里は、一応自分たちの後ろを振り返るが、誰もいない。

と、いうことは、やはり、エナメル靴の男性は俺らに声をかけているんだ——。

「兄さんっ、お久し振りでございますっ——。ますますお達者そうで、何よりです。あっ、ご挨拶が遅れて申し訳ありませんっ。こいつら、まだ、兄さんに紹介しておりませんでしたが、ヤスとケンジとノボルと申しますっ。どうか、どうか、今後とも、私ともどもよろしくお願い申し上げますっ！」

男性が深々と頭を下げている相手は、なんと花月——。

男性は従えている若い衆一人一人を、花月に紹介してゆく。

しかしどう見たって、全員、花月より遥《はる》かに年上だ。

いったいどうして、どういった理由で、この際花月が『兄さん』なのだ。

「竜《りゅう》さん、私こそご無沙汰《ぶさた》してしまって、すみません。ところで、組長はお元気ですか？」

組長…今、花月、組長って言ったよな、やっぱり…。

それってどう考えたって、クラス委員とか級長とかの『組』の『長』ってことじゃないよな…。俺だって今、秀麗二年G組の代表委員だが、それとはまた別個の単語ってカンジだ。

「兄さんのお陰で、おやっさんは達者でやっております…。兄さんに救って頂いた命です。

日々を大切に過ごしております。おやっさんが、兄さんとまた一戦交えたがっておりましたよ…。もし今日、時間がございましたら、これから『組の』――ではなくっ、『店』の方へ顔を出して下さい。おやっさんが喜びます。もし、よろしかったら、これからお昼でも一緒に、いかがでしょうか？」

俺と悠里は、遠い目をして、花月の背中で別世界の会話を聞いていた。

「おっと、その前に兄さん、兄さんの若衆《わかしゅ》を紹介して下さいよ――」

竜さん、とかいう人が、俺と悠里に軽く会釈をし、にこっと笑った。

笑った前歯二本に、見事な金枠がはめ込まれている。

よく昔の人が、お洒落《しゃれ》でしていた加工金歯の一種だ。

俺と悠里は、かなり強《こわ》ばった笑顔を返してしまう。

「涼ちゃん、悠里――こちらは元『猪熊組《いのくま》』の若頭《わかがしら》の竜さんです。今は『B&Bハウジング』の現場コーディネーターなんですよ。縁あって、お親しくさせて頂いております。ふふ…」

B&B…たぶん猪熊の『猪』がBOAR《ボア》で、『熊』がBEAR《ベア》からつけた社名だな…。

わかりやすい…。そのままだ。

この頃、シロウトじゃない人の世界も、色々な取締法ができたため、運営（?）が大変だと聞いたことがあるが、猪熊組は今はもう、カタギの世界の商売で生計を立てているのだろう。

しかし、花月はさして動揺もせず、例のごとく、雅《みやび》にたおやかに笑顔を振りまいているが、今、この竜さんとかいう人は、花月が組長の命を救ったとか何とか、非常に背筋の凍る発言をしていたが、事実だろうか？　いったい何をやったんだ…？　本物の仕事か？　しかも、一戦交えたいとか何とか言われているが、それも何だか物騒な響きだ。

「何でもないことなんですよ——命を救ったなんて、大袈裟《おおげさ》な…。私はただ数年前、こちらの組長が孫娘さんとご一緒に、うちの近くの公園を散歩してらっしゃる時、当時、敵対《てきたい》していたとある組の幹部が、組長を狙《ねら》おうとしただけです…。私はまだ三つになるかならないかのお孫さんを怪我させてはいけないと思って、夢中で発砲をくい止めただけです。もしそこに、不破が居合わせていたら、きっと不破も同じことをしていたと思いますよ」

花月がすぐに、俺らに状況を説明した。

しかし、狙うって…拳銃《けんじゆう》で…発砲してきた…相手を…倒したのか…？

「とんでもありません、兄さんっ。兄さんがいなかったら、あの時、組長は間違いなく殺《や》られておりましたっ。それどころか深雪《みゆき》お嬢様だって、とんでもないお怪我をなさっていたはずですっ。兄さんは、お二人を助け、組まで無事に連れて帰って下さって——。あの事件がきっかけで、組長は組を畳《たた》み、カタギの世界で生きてゆく決心をなされることになりましたが、お陰さまで、今や組員全員、真面目《まじめ》に達者で額に汗して暮らしております…」

花月…今までよく、無事で過ごしてきてくれたよ…。

今、ここに花月がいることは、奇跡なんだな…。

ふう――。

「でも、なっちゃん――今、組長がなっちゃんと一戦交えたいって言ってたでしょ？　それって、いったいどういうこと？」

悠里は小声で相棒に尋ねている。

驚き過ぎているのか、睫毛がぱちっと上がったままになっている。

「ご心配ありません…将棋《しょうぎ》の話です…。私と組長は将棋友達なんです…。まだ涼ちゃんにも悠里にも出逢ってなかった秀麗中学の頃、私は組長に将棋の極意《ごくい》をたたき込まれ、将棋の世界にどっぷり浸《つか》っていた時期があるんです…。今は組長と互角《ごかく》に戦えるまでの腕になったんですよ。そういえば私、もう半年くらい、組長とは勝負をしておりません…。そろそろ確かに一戦交える時ですね…」

戦い好きの花月は、不敵な笑みを浮かべている。

「そうですよ、兄さん――。どうか今日、これから『組』にっ、ではなく、『店』にいらして下さいよっ。私、おやっさんを、喜ばしてやりたいんですっ」

竜さんは、花月に懇願している。

すごい恐持てだけど、とても礼儀正しい方だ。

「あ、でも竜さん――その前に是非、紹介させて下さい。えっと、こちらが私が常日頃、教えを受けている、涼ちゃん、不破涼と申します。この彼のその計り知れぬ正義の力は、私などの及ぶところではないです。そして、こちらが桜井悠里、この彼は一見可愛いらしく見え、実はかなりの度胸千両的人生を送っています。今が戦国時代なら、斬《き》り込み隊長を買って出るタイプでしょうね…。二人とも私の大親友であり、兄弟同然の絆で結ばれてます」

花月は嬉しそうに、俺らを紹介してくれるが、花月のネットワークにはまたも完敗だ。

「ええっ――！　兄さんの兄弟ってことは、私らにとっても、義兄弟ってことじゃありませんかっ！　じゃあ今日は是が非でも、これから『組』にっ――ではなく『店』にっ、来て頂きますよっ。どうか、どうか、この竜たちと、義兄弟の契《ちぎ》りを結ばせて下さいっ。私、このまま兄さんと別れたら、おやっさんに半殺しにされてしまいますっ」

と、その時、花月がハッと何かに気がついたようだった。

アイディアが閃《ひらめ》いた時の顔だ。

そして、俺と悠里に向き直った。

「これぞ天の助けです――。不破、悠里、組長に会いに行きましょう」

＊

その二十帖敷きの和室には、和服ででんと構え、煙草盆《たばこぼん》の灰吹きに、キセルの吸い殻を落としている人がいた。厳しい表情だ。

しかしその人は、俺の相棒を見るや否や、満面の笑みになる。

「那智よ、またえろう立派になって…ワシにお前みたいな息子がいれば、安心して組を任せられるのじゃがなあ…。で、どうなんや、カタギの高校っていうのも、なかなか忙しそうやないか…このところまったく、顔も見せてくれんで…。まあ、でも、便りのないのは、いい便りというから、那智は達者だったと考えていいんやな…？」

俺と花月と悠里が今いる場所は、駅前にあるまだ新しい不動産屋ビルの三階だ。

一階は先程の竜さんが言った『B&Bハウジング』。新築の一戸建、マンションの販売から、中古住宅のリフォームまで手掛ける店である。

社員はみんな爽やかなスーツ姿に、きちんとタイをしめている。いわゆる誰がどこから見ても、ばりばりカタギのサラリーマンだ。店は、結構、繁盛している。

そして二階が事務所、三階が組長…ではなく、社長の住居となっている。近隣とのバランスを考えて、三階建の低層ビルである。

今、キセルを煙草盆に戻し、花月と俺らを、和室に手招きしてくれるのは、元猪熊組の組長。今は『B&Bハウジング』の社長である。

「組長、本当にご無沙汰しております。お陰さまで、私もつつがなく暮らしてます」

花月は和室に入るや否や、きちんと正座して、挨拶をしている。

「那智よ、だからその組長っていうのは、もうやめにしてもらえないか？　おやっさんって呼んでおくれっていつも言ってるだろ…？　この頃、世間がどうもうるさくてな…」

元組長は頭をかきながら言うが、その頭は完全なスキンヘッドだ。

そのスキンヘッドに幾つかの切り傷が見える…。怒濤の人生を送ってきた印だ。

「今、竜に聞いたが、そちらの若衆は那智の兄弟分だっていうじゃないか…。そういうことなら、ワシも是非ひとつ挨拶をさせて頂きたいと思ってな…」

何だか大変なことになってきた。

「しかし、那智はもちろんのこと、そちらの那智の兄弟もまだ未成年…。ここでとっておきの特級酒を酌み交わしたいところだが、今はもうワシもカタギとして生きる身だ。那智にも那智の兄弟にも、法を破らせるわけにもいかない。と言うことで…ワインではどうじゃろうか？　ワインといっても、葡萄《ぶどう》が発酵して酒になる一歩手前で、飲み物とした極上《ごくじょう》のグレープ・ワインがあるんじゃ。心配せずともアルコール分はゼロじゃけんのう。それでひとつ契りの杯を交わそうやないか？」

組長…じゃなくて…おやじさんは、すぐに若い衆に飲み物の準備をさせる。

俺ら三人は、真新しいい草の香る和室で、勧められた座布団を当て、正座している。

座布団の厚さは、優に十五センチはある。ふかふかの上等だ。

俺らの前には、大きく立派な黒檀《こくたん》の和机が、横長にどんと据えられている。

その机の上に、燃える赤い切り子のワイン・グラスが三つ並べられた。

床の間には掛け軸——。

『忍』という一文字が、雪の中に咲く寒椿《かんつばき》の絵と共に描かれている。


しかし…俺…なんで今、ここにいるんだろう…。

確か今朝、鹿内先生の引き留めを振り切り、二Gの教室を飛び出し、母の過去を調べる旅に出ようと、花月の住む町まで出かけて、今、花月の知り合いの方々と、義兄弟の契りを結ぶことになっている。


俺らの人生はいつだって、驚くべき出逢いの連続だ——。

*

おやじさんが、黒檀の机の前にやってきて、和服を正し、きちんと正座をすると、俺らと静かに向き合う。

スキンヘッドでかなりの恐持てだが、その目は澄み切っていた。

竜さんが慣《な》れた手つきでワインの栓《せん》を抜き、そのボトルをすっとおやじさんに渡す。

おやじさんは、まず花月に、そして俺と悠里に、黙ってワインを注いでゆく。

そして、今度は花月がおやじさんからボトルを受け取ると、おやじさんのグラスにワインを注いでゆく。

切り子のグラスは、赤いルビーのような雫《しずく》を注がれ、四方八方にきらめく。

「こうして、ワシの恩人、那智に再会することができ、また那智の兄弟、不破涼、桜井悠里に巡り逢わせて頂けた幸せに深く感謝し、これより杯を交わさせて頂きたいと思う――これからも幾久しく『B&Bハウジング』の発展と共に、末長いお付き合いをよろしくお願い申し上げます。では、ご兄弟の益々のご活躍、ご健勝を祈り、乾杯とさせて頂きましょう――では、乾杯――」

四人のグラスがクリスタル・ベルのような、美しい音色を轟《とどろ》かせた。

＊

そして、語らうこと、三十分――。

「でね、おやっさんっ、聞いてっ。僕、ほんの二年程前まで、体力はないわ、度胸はないわ、すぐ泣くわで、本当に使えない男だったんだけど、なっちゃんと涼ちゃんに出逢って、人生の意義を学んで、今は本当に怖いモンなしになったんだっ」

いきなりすっかり打ち解けていたのは、悠里だった。和みに和んでいる。

組長の奥さんが運んできて下さった特上のお寿司を、めいっぱい御馳走になっている…。

今日の悠ちゃんは、タマゴとカッパと甘エビとイカが専門だった。

「なるほど、確かに…今の悠ちゃんの目には、なかなか一本気な激しさが燃えておるのお。今の若い者にはない捨て身の強さじゃ…ワシも昔はこういう若衆に囲まれていた」

おやじさんは懐かしそうに言うが、俺としてはその同級生の捨て身に頭を悩ましている。

俺は悠里のお兄さんの遥《はるか》さんに、いつも悠里のことを頼まれてて——。

「どうか、涼ちゃん、お願い、悠里が無茶しないように見ててね」って、再三再四、頭を下げられている身だ。

その遥さんは、悠里と十五歳くらい年の離れている、マリア様みたいに優しいお兄さんだ。悠里の体のことが心配で、自らが心臓外科医になったような人である。悠里の友達ということで、俺まで弟みたいに可愛がって下さる。

とにかく、悠里が可愛くて心配でしかたがないお兄さんだ。

その気持ちはわかるが、その大事に思っている遥さんの弟は、どうもこの頃、鼻息が荒く、血の気も多く、いつも瞬時に戦闘態勢に入れる人となっている。

中学卒業までは、間違いなくおっとりのんびり温厚で、いつ見てもぽわーんとした印象の少年だったが、今は別人だ。遥さん…ごめんなさいっ…。

すべて、俺と花月がいけないんです──。

「じゃけんのう、悠ちゃん…体は大切にしなきゃあかん…命あっての人生じゃから…」

そうなんです、組長、そこのところをもっと強くビシっと言って頂けたら、非常にありがたいですっ。

俺が言ってもゼンゼン聞かないんですっ、その──今、カッパのワサビがききすぎて、涙目になっている人はっ。

「ワシも敵方に狙われ、那智に助けられ、初めてわかった──。自分が死ぬことは、これはもう天命だと思って諦めもつくが、家族にその刃《やいば》を向けられることは、耐え難いものがある。粋《いき》がって命を粗末にしてきた人生じゃったが、那智に命を救ってもろおて、考えが変わった…。シロウト衆を巻き込み、命を救ってもらうなんて、渡世人《とせいにん》としてはおしまいだ──。だから組の看板を下ろし、別の人生を歩もうと決めた…。おこがましいかもしれないが、あの時ワシは、これから少しは人様のためになるような生き方をしようと決めたんじゃ…。せっかく救ってもらった命じゃけんのう…粗末にしたら、罰《ばち》があたる…。しかし、あの年では少し遅すぎる改心だったのかもしれんがな…」

おやじさんは、神妙な顔で俺たちに心のままを話してくれる。

「おやっさん、すんません！　私が不甲斐《ふがい》ないから、あの時、おやっさんを守れなくて！

本当に本当に申し訳ありませんでしたっ！　私さえ、あの場に居合わせていたらっ！」

部屋の末席に座布団なしで、静かに正座していた先程の竜さんが、突然、大粒の涙を零し、畳の間で土下座《どげざ》する――。

「竜よ、もうええ――せっかく那智が来てくれとるのに、泣かんでええ――。それにワシはあれでよかったと思っとる…。あれは潮時《しおどき》じゃった。それを那智が教えてくれたんじゃ。竜、それともお前は、昔の生活に戻りたいのか？」

竜さんは、土下座をしたまま、頭を横に振り続ける。

「じゃあ、そんなところでいつまでも泣いとらんと、はよこっち来て、新しい兄弟と契りの杯を交わさせてもろたらどうや。ほんにめでたい席やで」

おやじさんは、もうひとつ切り子のグラスを取り出し、ルビー色の雫を注ぐ。

そして俺や悠里、花月にも同じようにグラスを満たしてくれると、五人で再び乾杯した。


やり直せない人生なんてどこにもないと思う。

いくつになっても、気持ちひとつで、目の前の世界はきっと変わる。

おやじさんの澄み切った瞳が、俺にそう教えてくれていた。

＊

大きな寿司おけが和机の上から片づけられ、デザートの水菓子として、コンデンス・ミルクのかかった大粒いちごが運ばれてくると、おやじさんがふと花月の顔を見ていた。

「那智――今日はワシに何か聞きたいことがあるんじゃないのか？」

　おやじさんは、俺の相棒の顔色を読んでいた。

「ええ、実はおやじさんなら、昔からこの土地のことにはお詳しいですし、もしかして何かご存じかと思いまして――」

　花月が言葉を選びながら言った。

「ご存じって、何のことを言っとるんだ、那智？」

「はい、実はその――昨日、急逝された一条家の亮さんのことです」

「おお、あの一条のボン…あんなはよお死によって…何をそう急いだのかのう…。あそこのじいさんもばあさんもまだまだ達者なのになあ…逆縁《ぎゃくえん》とは不憫《ふびん》よのう…」

　これが花月の目的だった。

　この土地を仕切って来たおやじさんなら、もしかして一条家の事情を知っていると思ったのだろう。

「あの…おやじさん…実は、あの亮さんに子供がいるとか、そういう話を聞いたことはありませんか」

「那智、あそこのボンは、結婚がかなり遅かったので、子供はまだ生まれておらんじゃろ？

跡継ぎがなくて、じいさんがいつもやきもきしてたからな…」

「いえ、あの…今、結婚されているご夫人とのお子さんではなく、別のところでできたお子さんとか、いらっしゃいませんでしたでしょうか…。例えば、二十四、五歳くらいの時に、お付き合いをしていた女性がいたとして、その方との間に、息子さん…とか娘さんとか…生まれておりませんでしょうか?」

花月の話の途中で、おやじさんは急に、俺の顔をじっと見つめる。

「まさか…この涼がそうだっていうのかい…?」

さすがに大きな組をひとつに束ねてきたような人は、鋭《するど》かった。

花月が何を言いたいのかが、すぐにわかってしまった。

「確かに…似とる…賢《かしこ》そうなところが…それとその慈悲《じひ》深い目…」

おやじさんは息を呑《の》んでいた。

「いえ、そういうわけじゃないんです。先程も少し話しましたが、俺は生まれた時から、父親がいなくて、しかも父親の写真一枚残ってなくて、母は俺に父のことをまったく話してくれることもなく、亡くなってしまって…。父親の手掛かりって、とにかくないんです…。でも、十二年程前まで、俺はこの町に住んでいて…その時、五歳くらいでしたけど、今思うと、不思議なんです…母はなんで当時、こんな高級住宅街の片隅にひっそりと住んでいたのか…。もしかしてこの町のどこかに、知人がいたのかもしれないと思ったんです…ひょっとして、

その知人が俺の父親だったかもしれなくて…。もちろん、こんな考えは余りにも根拠がないんですが…みんなが、その——亡くなった一条氏が——俺に似てるって言うから…そんなことはあるわけないけど、名前の音まで一緒で…ひょっとしてって思って…俺…昨日からいても立ってもいられなくなって…この町まで来てしまったんです…」

俺は自分できちんと、おやじさんに事情を説明していた。

「涼——その気持ちはワシにもようわかる。ワシも父親がおらんかったからや。そのことで母親を責め、随分泣かせてしまった…。

しかし、今、涼が話してくれたことは…ありえないことでもない…。あのボンほど人柄がよくて、頭の切れる、よう仕事する男が、長いこと結婚しなかったのは、理由があったからや。それもこれも、あそこのばあさん…いわゆるボンの母親が、えらい厳しい人で、嫁《よめ》をもらうなら一流所からって、それだけは絶対に譲《ゆず》らない人だったんや。若い頃、ボンは好きな人くらい、おったと思う。しかし、あの母親が許さんかったら、結婚なんて、できへんかった。結局、あそこのボンが結婚したのは、つい五、六年前のことじゃ。三十五を過ぎて、そろそろ跡継ぎをもうけておかないとあかんということで、ボンの両親が強制的に縁談をとりつけてきたことは、有名な話だ。相手が、政界のドンのお嬢さんだったら、申し分ないということだったんだろう。経済界のドンと政界のドンに繋がりができて、派手な結婚式となっていたが、一方では冷えきった夫婦とよく噂《うわさ》されておったよな…。しかし、こんなに早く亡くなるなら、格式とか家柄とか考えずに、好きな人と一緒にさせておいてやったらよかったのになあ…」

おやじさんは引き続き俺の顔をしみじみ見ている。

「長いこと結婚しなかったんは、よくよく理由があってのことじゃろう…。子供の件は、早速うちのものに調べさせておくよ…。詳しいことが何かわかったら、すぐに連絡をさせる」

おやじさんは一条亮氏のことをよくご存じのようだった。

「それより涼――、今日、一条家で通夜《つや》があるんと違うか…？　そんなに気になるのやったら、まず会うてきたらええがな。だって、もし万一、あそこのボンが涼の父親だったら、どないするんや？　骨になってしもたら、もう顔を見ることもできへん」

おやじさんの言葉に、俺の心はざわざわし始める。

本当にそうだ。

父親であるはずはないのだが、もし万一そうだったら、その顔を見せてもらえるのは、今日しかない…。

「それは、私も思っていたことです…。おやじさん、私、これから不破と一緒に、一条家にお悔《く》やみを言って参りますね…これは、急を要することですよね…」

花月が真剣な顔で、おやじさんに尋ねる。

「そりゃ気になるんやったら、絶対行ってきた方がええ。近所に住む者として、お別れを告げに行くのは当然のことや。元々、那智は顔なじみやし…」
お別れ——という言葉に、心が締めつけられるようだった。
初めて逢う時が、お別れの時なんて——。
そんなこと、あっていいわけがない。

俺の頭では、とても理解しがたい哀しみがひたひたと押し寄せていた。

父親探し、自分探し
～Looking for Father, thinking of me～

午後三時を回った東京の空には、春霞《はるがすみ》がぼんやりとかかっていた。

日なたでは、昨日の雪が嘘《うそ》のように、解けてなくなっていた。

俺ら三人は、組長にお昼を御馳走になったお礼を言うと、一条家へ向かっていた。

秀麗の制服なら、お悔やみの場にそぐわないことはないだろうと思いながら、駅の売店で買った不祝儀袋《ぶしゅうぎ》に、三人で精一杯の気持ちのお香典《こうでん》を入れた。

一条家は、駅の西口――坂の多いお屋敷町の方にある。

いつも花月の家に遊びに行く時に通る町が、今日はまるで違って見えた。

ここは、俺の父親が住んでいた町なのかもしれないと思うと、胸が締めつけられるようだった。

「涼ちゃん…元気だしてね、って言っても、無理かもしれないけど…それでも、元気だしてね…。お父さんのことは知りたいと思うけど、その人が亡くなってたら、すごく辛いよね…。

僕…今、どう言って涼ちゃんを励ましていいのか、わからないよ…」

悠里は一条家に向かって行くにしたがって、落ち込んでしまう。

「本当に…私も複雑な心境です…。不破の父親は探してあげたい、でもその方が亡くなっていたら、結局、何の力にもなってあげられない…どうしていいのか、わからないのです」

花月もずっと塞《ふさ》ぎ込んでいる。

「でも、俺…知っておかなくちゃいけないような気がするんだ…。だってもう会えないんだろ？ 俺、亮さんの顔を見たら、その人が自分の父親かどうか、わかるような気がするんだ。きっと、心で何かを感じとることができるような気がする…」

不思議とそんな自信があった。

だからきっと、ここまで来てしまったのだと思う。

昨日、田崎のお父さんにテレビを頂いて…そこから入ってきたニュースで、一条氏が亡くなったことを知って——花月と悠里には言わなかったが——あの時、俺の胸は奇妙なほど、ざわざわしていた。

理由はわからなかったけど、直感で、俺は一条氏と何か縁があるのかもしれないと思っていた。

そして翌日、ここまで来てしまって…今、俺は自分が何かよくわからない力に動かされているのをはっきりと感じている。

普通の人が考えたら…本当に信じられないような、バカバカしい勘《かん》と想像だけで動いているのかもしれないけど、俺は心のどこかで必死だった。

だって、自分の母親が命をかけて愛した人のことを知りたい。

俺の体の半分は、その人の血が流れているんだ。

どういう人だったのか、俺には知る権利がある。

でないと俺は、いつまでたっても、自分の体の半分が、自分のものでないような気がしてしようがない。

父を知ることは、自分を知ることになる。

どんな父親であれ、俺はその人のことをしっかり知って、その上で自分の存在をきちんと受け止めておきたい。

これは、俺が生きる上で、本当に大切なことなんだ。

母は、そのことには気づいてくれず、逝《い》ってしまった。

たぶん、俺がもっと大人になったら、話してくれるはずだったのかもしれないが、母の旅立ちはあまりにも急だった。

でも——母さん——どうか、教えて下さい——。

母さんの愛した人は、どんな人でしたか？

その人は、そんなに俺に似てましたか？

母さんは俺の父親と出逢って、幸せだったんですよね？

俺の名を呼び、俺の顔を見る度に、ほころんでいたその笑顔は、確かに本物でしたよね。

それは俺が一番よく知ってます。

だから、母をそこまでほほ笑ませてくれた人の顔を、一度でいいから見てみたい。


俺は今、そんな気持ちなんです。

たぶん、それだけです。

どうか、答えを下さい――。

＊

一条家へ向かうにつれ、車道のあちこちに、黒塗りの大型車が駐車しているのが目立ってゆく。

どの車にも、ちゃんと運転手さんがついていて、主が戻ってくるのを今か今かと待っている。

政治経済界のお歴々がたぶん、お悔やみに駆けつけているのだろう。

小高い丘を上ってゆくと、とうとう凶事用の花輪がずらりと並んでいるのが、視界に入ってきた。

急に暗闇に突き落とされたような気がした。

「涼ちゃんも悠里も、花月の家のお弟子さんということにしておきましょう。昔、私と一緒に、春、お呼ばれした際、お庭で踊らせて頂いたということで…。たぶん、問題なく邸内に入れて下さると思いますよ」

花月の提案に、俺と悠里は黙って頷く。

しかし…動揺しないって決めたのに、いったい何なのだろう…この重苦しさは…。

いきなり、ふっと、この場から立ち去りたくなっていた。

そして急に、田崎のお父さんの顔を思い出していた。

「涼、大丈夫だよ——私がいるんだから」って、いつもの笑顔で言ってもらいたい。

だって…父親は…生きて…いて…くれなくては…嫌だ…。

俺は…何で…こんなところまで、来てしまったんだろう…。

もう亡くなっているのなら…会わない方がいいかもしれない…。

わざわざ悲しみに行くことはない。

だって、俺は母さんの子供だ…もうそれだけでいいじゃないか…。

現実を知るのが急に恐ろしくなっていた。

自分で望んでここまで来たのに——、暗黒色の花輪が、要塞《ようさい》のごとくずらりと並んでいる風景が目に飛び込んで来た瞬間、足が竦《すく》んでいた。


「大丈夫ですか…不破…？」

気がつくと、花月も立ち止まってしまった。


……だって、もし万一、涼の父親だったら、どないするんや……

……骨になってしもたら、もう顔を見ることもできへん……

……お別れを告げに行くのは…当然のことや……


先程の組長の言葉が、聞こえてくるようだった。


そうだ…ためらっているわけにはいかない…気をしっかり持たないと…。

逃げてちゃいけない…事実を知るんだ…。

今日しかもうチャンスはないんだ。

「涼ちゃんっ――亮さんが、涼ちゃんのお父さんじゃないっていう確率の方が、遥かに高いんだよ。僕らはこれから、その亮さんが、涼ちゃんのお父さんじゃないっていう手掛かりを見つけさせてもらうだけだよ。涼ちゃんのお父さんは、きっと今日もどこかで元気に生きてるよっ。そう思って元気を出そうよ。亡くなられた亮さんは、お気の毒だと思うけど、僕らは亮さんのご冥福《めいふく》をお祈りさせてもらいながら、力を貸してもらおう？　僕たちは、ただ、涼ちゃんのお父さんが生きているってことを、知りたいだけなんだ。亮さんが、涼ちゃんの父親じゃないってことをはっきりさせたいんだ」

悠里の言葉に目が覚めるようだった。

俺らは色々と考えるうちに、段々と一条亮氏が俺の父親だと、思い込み始めていたが、それは明らかに間違いだ。

だって、どうして、うちの母が…あんな日本経済界を背負って立つ人と、知り合いになれるんだ…？

冷静に考えてみれば、絶対にありえないことじゃないか。

俺は、一条亮氏が、俺の母と無関係であることを確認しに行くだけだ。

頼りの綱《つな》は、俺の勘だけ――。

「そうだな…俺…勇気を出して…亮さんに…会ってみるよ…。きっと、亮さん…こんな見ず知らずの高校生が御焼香《おしょうこう》に来ても…許してくれるよな…」

縁もゆかりもない俺が、あれほど有名な人の家の敷居をまたいでいいものかどうか、それを考えると、心苦しかった。

「不破――私は亮さんのことをよく知ってますが…亮さんはいつも、私たちみたいな若い人間を励まして、力づけて下さる優しい人でした。不破の気持ちは、もうちゃんとわかってますよ」

花月がそっと笑顔で言ってくれると、心の重《おも》しが取れるようだった。


……なっちゃんは、いい跡継ぎになるね……

……繊細な踊り…気持ちの優しさ…自分への厳しさ…何もかも家元譲りだね……

……家元はきっと、幸せだよ……


花月那智は、遠い日、自分が花月の家に養子としてもらわれ、そのことを五歳で知らされ、時折、それを世間で噂され、心を痛めることがあったが、招かれた先の近所の邸宅で、一条亮が励ましてくれた言葉を、今でも忘れない。

恐らく、彼は那智が養子であることを知っていたのだろう。

だから、那智が家元に似ている、ということを、会うごとに何度も繰り返してくれた。

彼はそれが、那智が一番ほしかった言葉だということを知っていたからだ。

日本経済界の若手ホープは、そういう人だった——。

今日のこの日は、那智にとっても悲しい一日であった。


いつもは固く閉じられているであろう一条家の正門は、今日は両開きになっている。

一条亮の人柄を偲《しの》んで、大勢の人間が門前に集まっていた。

そこで一番目についたのが、テレビ・ラジオ・週刊誌等で活躍するレポーターさんたちだった。

みんな腕章をつけているので、どこの社に所属しているか、すぐにわかる。

そのマスコミ陣は、めぼしい弔問客《ちょうもんきゃく》からコメントをもらおうと、目を光らせていた。


邸宅に向かう直前になって——。

不安が押し寄せてくる。

「花月…俺ら…怪しまれないよな…」

通夜と呼ぶには、余りにも盛大で大賑わいの喧噪《けんそう》に、高校生の俺らは怯《ひる》んでいた。

「大丈夫ですよ…私たちはただ、昔、亮さんにお世話になった近所の住人ということなんですから。政界や経済界とはまったく無縁の、しかも普通のどこにでもいる高校生です」

花月は落ち着こうとしているのか、いつものように感情を表に出さないよう努めていた。

「でもさ、なっちゃん、普通のどこにでもいる高校生っていう言い方は、ちょっと無理があると思うよ。だって、なっちゃんもご存じの通り、涼ちゃんのスーパー・ミラクル・クール・ビューティーぶりは、ハッキシ言って、尋常じゃないからね…。先月の地中海豪華客船ツアーにおいては、成田↓パリ↓リスボン↓モロッコ↓スペイン↓ローマと巡った結果、百人中、百二十人が振り返るほどの美少年ぶりを発揮していたことを忘れたの？」

悠里は俺らの緊迫した様子を心配したのか、根拠のない笑いで取り敢えず緊張をほぐそうとしている。

「そ、そうでしたね、悠里――この那智さまともあろうお方が、気がつかないうちに、少し動揺していたようです…。私たちが気をつけないといけないのは、我らの涼ちゃんが、あのマスコミ陣からスカウト攻撃に遭うことを、いかに阻止せねばならないか、ですね？」

花月も咄嗟《とっさ》に、妙なお笑いで返事をしている。

二人がいかに緊張しているのか、よくわかる内容のトークだ。

「とにかく、不破、悠里――私たちは門前にいる方々とは、極力目を合わさないようにして、邸内に入れて頂きましょう？　中に入れば、後はもう問題ありません」

花月の指示とともに、俺らは伏し目がちに、一条家の正門を無言で突破した。

一斉にバチバチバチっとフラッシュがたかれたが、俺らは振り向かなかった。

報道陣はえてして、とにかく誰でも取り敢えず写真を撮《と》っておくのだ。

＊

それにしても、息が詰まりそうだった。

広い、広い、真新しい畳の敷かれた和室には、大勢の弔問客が御焼香の順番を待っていた。

そこには立派な祭壇が整えられ、一条亮氏の眠っている柩《ひつぎ》の周りには、白い蘭《らん》が雪山のように飾られていた。

座敷には、新聞、雑誌でよく見る、有名な政治家さんの姿があった。

俺ですら知っている大企業の社長さんたちの顔もある。

そんな場違いとも言える中、俺らは静かに末席に正座した。

祭壇の近くには、たぶん、ご両親だ…年老いた父親と母親が、魂《たましい》を抜かれたように肩を落とし、涙にくれていた。

二人ともまだ七十歳にもなっていないと思うが、息子さんの突然の死に、一夜でふけこんでしまった感じがした。

しかし気丈な顔で、弔問客一人一人にきちんと挨拶をしているのが、亡くなられた一条氏の奥さんのようだった。
まだ若い。三十ちょっと過ぎか――。
疲れは見せているが、通夜の席で一番しっかりしている。
とある政界のドンの末娘だという。
一条氏との間には、子供はできなかった。

俺はしばらく、祭壇の真ん中に飾られた大きな写真を見つめていた。
歯並びのいい口元から笑みが零《こぼ》れている。
涼しげな目元は、正義感に溢《あふ》れていた。

だめだ…わからない…わかるわけが…ない…。
どう考えたら、この人が自分の父親だって、思えるんだ?
こんなに育ちも身分も違って…どこから俺との繋がりを見つけられるっていうんだ?
ちがう…ここまでくれば…何か感じると思っていたが…まったく逆だ…。
俺は、この写真に写っている人とは、まったく無関係だ。
だけど、そう思ったところで、ほっとできないのはなぜだろう。
むしろ、絶望的な気持ちになっている。

と、その時、花月の携帯が振動していた――。

マナー・モードに切り換えているので、呼び出し音は鳴らない。

相棒は自分の携帯をそっと取り出した。そして、画面に目が行っているところを見ると、電話ではなく、メールを受信したようだった。

花月は絶句した様子で、携帯を握りしめ、微動だにしなくなる。その目は、いつまでも携帯の画面から離れない。

「どうした、花月…なんか、あったのか？」

小声で尋ねてみた。

「ええ…先程の竜さんから、連絡を頂いて…。あの後、亮さんについて、いろんなつてをたどって、早速情報を収集して下さったみたいなんです…。そしたら、亮さんの高校時代の友人のお話で…二十代前半…亮さんには親密にお付き合いしていた方が、いらっしゃったそうです…。でもやはり、お母様の反対にあって…どうしても結婚させてもらえなかったそうです…。その女性は結局、ある日突然、姿を消してしまって…。亮さんは、随分探されたそうなのですが…行方《ゆくえ》知れずだそうです…。その人との間にお子さんが…いらっしゃっても…少しもおかしくないそうです…それどころか、いない方がおかしい、との話です…」

まさか――そんなこと――。

母もある日突然、引っ越しを決めた。元々、荷物なんてさほどないアパートを出てゆくのは、難しいことではなかった。
俺が花月にさよならも言えず、あの幼稚園を退めることになったのは、そういう理由だったのかもしれない。

突然、体に震えが走ってきた。
しかし気がつくと、もう自分たちの御焼香の番である――。
俺も花月も悠里も、頭の中が真っ白になったままだった。
心が凍る思いで、三人、吸い寄せられるように、祭壇へ向かっていった。
柩には、少しだけ顔を見せてくれる小窓が開いていて――。
その、安らかな表情を見た瞬間。
俺はたじろいでしまった。
父…なのか…?
俺の…父親…なのか…?
あなたは…誰…です…か…?
俺が誰だか…わかりますか…?
竜さんからのメールの内容に、俺はパニックに陥《おちい》りそうだった。

気がつくと、なんと——年老いた亮さんのお母さんが、幻《まぼろし》でも見るような目で、俺のことを見つめていた。

ずっと座り込んでいたのに、彼女は息を呑み、すっと立ち上がってしまう。

しかし、立ち上がったまま、何も言わない。

ただ、俺のことを穴のあくほど見つめるだけだ。

彼女の唇《くちびる》が、微《かす》かに震えているのがわかる。

俺はどうしていいのか、わからなくなっていた。

もしかして…彼女は…俺の…お祖母《ばあ》さん…になるのか…？

そんなわけがない…そんなこと、あっていいわけがない。

俺は小刻みに震える手で、急いで御焼香を済ませ、祭壇に一礼して、すぐ廊下に出ていった。

玄関へ向かい、自分の靴をようやく探し出し、一旦広い庭へと出る。

そこには——金銀赤の鯉が悠々と泳ぐ池。その水面には風が作るさざ波がたゆたう。そして、遠くで鹿威《ししおど》しの鳴り響く音。

白梅が終わり、紅梅が終わり、桃が咲き始める。膨《ふく》らみつつある桜の蕾《つぼみ》。

どこかから、ひっそりと香る沈丁花《じんちょうげ》。

そんな中、俺は玉砂利を踏み鳴らし、マスコミが大勢集まっている正門をすり抜けていた。

違う…こんな立派な家の息子さんが…俺の父親のはずがない…。

亮さんに付き合っていた女性がいたとしても、それは当時の若さから考えれば当たり前のことだ。

その人が、俺の母親だという証拠はどこにもない。


「あの——すみません、少しお話しさせて頂いてもよろしいでしょうか…。一条氏の息子さん…ですよね…？」

どこかの女性週刊誌のレポーターが、俺にとんでもない質問をいきなり浴びせかけていた。

「失礼ですが——一条氏にはお子さんなど、いらっしゃいませんよ。我々はただ単に、亮さんの近隣の者です。今日は、お別れのご挨拶をさせて頂いただけです」

俺を追ってきた花月が、努めて冷静に俺の代わりに答えていた。

「いえ、あの…前々から、お話は聞いていたんです。一条氏には、今、ちょうど高校生くらいになられる息子さんがいらっしゃるって…。あなたが、一条グループをお継ぎになられるのですね？」

女性レポーターの声を聞きつけた別のマスコミ陣が、わっと俺らを取り囲んでしまった。

「やめて下さいっ、あなた方、こんな場で、何をおっしゃってるんですかっ。俺らは何にも関係ありませんっ！」

突然のことに動揺した俺は、つい大声を出してしまった。

……おいっ、一条氏の隠し子が、やはり現れたらしいぞっ……

……さっき、三人で正門をくぐってった高校生の中の一人だろ……

……こりゃ、大スクープだっ…今日の夕刊に間に合わせろよっ……

……あのコ、あのコだっ、あの飛び抜けて綺麗《きれい》な子だっ！……

……写真しっかり撮っておけよっ！……

……俺、あの中の一人、なんか一条さんに雰囲気似てるなあって思ってたんだよっ……

どうしたらいい――。こんなところに来るんじゃなかった…。とんでもない騒ぎになってしまった…。

「ごめんな、悠里っ、俺、これから走って逃げるけど、大丈夫かっ！」

幼なじみは背が低いため、一番もみくちゃにされている。

「大丈夫だよ、涼ちゃんっ、とにかくダッシュで行こうっ！」

「じゃあ、不破、悠里っ、行きますよっ！」

花月の号令と共に、俺は悠里の手首を掴《つか》んで、走った。

「すみませんっ、不破っ…こんな騒ぎになるとは、夢にも思わなかったものでっ…私、もう少し考えてから、ここに来るべきでしたっ」

走りながら、花月が謝る。

俺らは一目散に、坂を駆け降りてゆく。

諦めないレポーターが数人追いかけてくる。俺たちは必死に逃げた。横っ腹が痛くなるほど走った。しかしもう、これ以上走るのは危険だ——。

マスコミとの差が十メートル以上できたのを確認すると、俺はすぐに悠里を背負って駆け出した。

一昨年の夏、心臓の手術をして、かなりの運動に耐えられるようになった幼なじみだが、もし、万一、何か起こったら大変だ。

花月は俺と悠里の学生鞄を持ってくれている。

そして再び、俺たちは走りに走った。

レポーターを完全に撒《ま》いた後、俺らは花月の家に逃げ込んで、ようやく事無きを得た。

大きな力　～Powerful friends～

翌日、登校すると、そこにはもう厳戒態勢が敷かれていた。

学院の正門前には、昨日同様、マスコミ陣が詰めかけていたのだ。

俺らの着ていた制服から、すぐに学院を割り出していた。

「那智くん――昨日は登校するや否や、不破くんと悠ちゃんを引き連れて、いきなりエスケープしちゃったかと思うと、やはりひと騒動起こしてくれてたんだね…。先生、昨夜ニュースを見てて、その中の『スーパー・ワイドショー最終便』ってコーナーで、高校生らの走って行く姿が画面に映った時、すぐに那智くんたちだってわかったよ…三人の顔に辛うじてモザイクはかかってたけど、あれは誰がどう見ても、那智くん、不破くん、悠ちゃんだよね…。先生、すーっと血の気が引いたよ…」

ホームルームに現れた担任の鹿内先生は、バキバキ指を鳴らしている。

目の下には見るも無残な隈《くま》。白目は充血している。

「先生、花月が悪いんじゃないんですっ。俺が…俺が…いけないんです…。俺のために花月は動いてくれたんです…。たぶん皆さんも、ご存じのように——俺には父親がおりません。死別とか離婚ではありません。俺は、生まれた時から、父親の存在を知らずに育ちました。母は、俺が十歳の時に亡くなりましたが、母は最後まで、俺に父親のことを教えてくれなかったんです…理由はわかりません」

クラス中が、静まり返ってしまう。

俺に両親がいないことは、住所録の保護者の欄を見れば、わかってしまうことだった。そんなことは別に隠していることでも何でもなかった。

俺は今でも、神奈川の隅っこの海岸町にある伯父の家から、この秀麗に通っていることになっている。

秀麗が学生の独り暮らしを認めてくれないから、伯父に頼みこんで口裏を合わせてもらうしか方法はなかった。

その住所録に名字の違う人の名が書かれてあれば、俺の境遇を想像するのは、そんなに難しいことではないだろう。

ただ、ありがたいことに——そんなことにこだわる人間は、俺の周りには一人もいなかった。

「俺は、自分の父親がどこの誰なのか…ずっとわからずにいて…、ありとあらゆる手段を使って、父親のことを調べていました。そうしたら、一昨日亡くなられた一条氏が、もしかして、ひょっとして、なのですが――俺の母親と何らかの接点があるかもしれないという――もちろん普通に考えると、そんなことは絶対ありえないことなのですが――俺はたぶん…ワラにもすがる気持ちだったんだと思います…。とんでもない勘違いは承知の上で、昨日、一条氏のお屋敷を弔問させて頂きました…でも、あんなに大騒ぎになってしまって…みなさんにもご心配かけてしまいました…本当に…本当に…申し訳ありませんでした」

俺はクラス中のみんなに頭を下げていた。

今朝、学院の生徒は正門前で、週刊誌の記者たちから、あれこれ俺のことを質問ぜめにされていたが、中一から高三まで、一人として、俺のことを語る人間はいなかった。

みんな俺の写真を見せられて、色々訊かれたそうなのだが、全員が全員、こんな生徒は知らない、この学院にはいない、の一点張りで、校門を突破してくれたそうだ。

学院中で、俺を守ってくれたのだ。

そんなみんなに、俺は今の自分の気持ちを伝えないといけない。

すると、陸上部の速水が立ち上がって、静かにこう言ってくれた。

「先生――不破は全然、悪くないだろ？　だって、もしかして、ひょっとして父親かもしれない人が亡くなったんですよ。そうだとしたら、誰でも会いに行くんじゃないですか？　息子だったら、きちんとお別れが言いたいからな…。

俺は自分の父親を早くに亡くしてて…残念ながら、ほとんど父親の記憶がないんだよ。結局、俺の母親は後に再婚して、その時、俺の父親の写真のほとんどを処分してしまったんだ…。今、俺の手元にある父親の写真は数えるばかりの枚数なんです…。きっと新しい旦那《だんな》に、気兼ねしたんだと思う…。母は未だに、思い出すのが辛いらしくて、父親のことはあまり話してくれない。その気持ちはわかるけど、そういうのって、子供としては、すごく困るんだ…。だって、自分を作ってくれた半分がなくなってしまって、それがどういう人なのか、わからないんだよ。誰だって、その人がどんな人だったのか、知りたいじゃないか。どんなことでも知っておきたいじゃないか。どんなに間違ってる情報でもいいんだ。自分の父親がどういう風に人生を送ってきたのか、それを知りたがるのは、そんなに悪いことですか？　先生、不破がいったい何をしたって言うんですっ。昨日のことは、報道陣が勝手に騒ぎを起こしただけのことでしょうっ？」

いつもは冗談《じょうだん》ばかり言って俺をからかう速水が、今日は厳しい顔で、鹿内先生に抗議してくれる。

「違うよ、速水――僕は怒ってるんじゃないよ。不破のことを、心配してるんだ。今朝だって不破は、学院に来るのが大変だった。このことは今朝、学院長ともちゃんと話し合ったんだよ。そして早速、報道関係には、普通に生活している一般高校生の生活を乱すことを絶対に止めてもらいたいと、厳重注意することに決めている。またここの学院名、あるいは不破の名前を、マスコミに出すようなことをしたら、即刻、訴《うった》える方向で行くつもりだ。学院側はもちろん、不破を責めてるんじゃない。不破のことは、学院挙《あ》げて全力で守っていくつもりだ…。でも…申し訳ない…今は先生の言い方が悪かった…どうか許してほしい…」

鹿内先生が、教壇の上で頭を下げる。

「いえっ、先生、頭を上げて下さいっ――。この花月、昨日は何の準備もせず、突然一条家を弔問したことが、そもそもいけなかったんです…。でも、昨日しかチャンスがなくて…。私がついていながら、結局あんな騒ぎを起こしてしまったこと、本当にすみません。みなさんにも大変心配をおかけしました」

今度は花月が真顔で謝る。

「いや…でも…不破…本当にすまなかったね…。不破の哀しい気持ちもわからず、責めるような口調になってしまった…。ただ…先生は…本当に昨夜のテレビで驚いてしまったんだ…。誰がどう見ても、あれ、不破だからな…秀麗の人間だったら、すぐわかるよ…」

「ええ、先生が驚くのは当たり前だと思います…俺もまさか、あんな騒ぎになるとは思いもしませんでしたから…本当にすみませんでした…」

速水の気持ちも、先生の心配も、本当にありがたかった。

みんなが我がことのように、俺のことを考えてくれていたからだ。

「とにかく、先生っ、今、学院挙げて、涼ちゃんのことをガッチリ守ってくれるって、言ったよねっ？　その言葉に二言《にごん》はないよねっ？　亡くなられた一条さんが、涼ちゃんの父親であるかどうかは、まだはっきり言って、全然、根拠のない話なんだ。これからどうなるか、僕らもわからないし、一条家の人もわからないし、マスコミだって、どう動くかわからない。でも、どんなことになっても、絶対、絶対、涼ちゃんを守ってよねっ、お願いっ！」

悠里が厳しい顔で先生に頼むと、クラス中から、「よーし！」と歓声が上がった。

「大丈夫だよ、代表っ、俺らがいるんだぜっ、そんなことくらいで、次期学院最高頭取の顔に泥《どろ》をぬれるかよっ。任せておけって！」

「そうだよ、静かに生活している一般高校生を巻き込んで、面白おかしく書き立てるようなことをしたら、俺らが黙ってないからなっ」

「ウチのとーちゃん、弁護士だから、不破くんに何かしたら、絶対訴えてやるよっ！」

「それならウチのカアちゃん、人権団体のお偉いさんの奥さんと友達だから、何かあったら即、力になってもらえるよっ」

「あっ、じゃあ、じゃあ、僕はっ、えっと…僕はっ…？　涼ちゃんっ、僕、何したらいいのっ!?　何でもするから遠慮なく言って！　お願いっ！」

あっ…悠里が…また、俺の席まで出張してきている…。

一応、今は、ホームルームなのに…。

幼なじみは鼻息荒く、再び教室の最後部から補助椅子を引っ張り出してくると、また俺の隣にぴったりと着席した。

その様子を見て、ようやくクラス中に笑顔が戻る。

鹿内先生もつい笑い出してしまった。

俺は、自分の気持ちをクラスメートに伝えたことで、随分心が軽くなっていた。

これからどういうことになるか、わからなかったけど…昨日、亮さんに会いに行ったことは、間違っていなかったと思う。

＊

そして、その日の放課後、俺らは、東京の大手出版社へと足を運んでいた。

そこには俺たちの知り合いがいて、もしかしてひょっとすると、一条氏の情報を聞かせて頂けるかもしれないと思ったのだ。

「まあ、よく来てくれたわー。とにかく、涼ちゃんも、なっちゃんも、悠ちゃんも、食べて、食べて。ここのスペシャル・パフェ、お薦《すす》めなの♥　ふうー、でも昨日は大変だったでしょう？　テッシー、昨夜『スーパー・ワイドショー最終便』を見てて、お夜食のモチを喉に詰まらせそうになっちゃったわ。モザイクかかってたけど、あれはすぐ涼ちゃんたちだって、わかったわよ。でも、そーゆー時、独り暮らしでモチって、ある意味危険よね？　何かあっても、誰にも助けてもらえないんだもの…。冬夏出版勤務、勅使河原遼太郎（32）、夜食のあべかわモチを喉に詰まらせ、死亡――。勤続十年、無断欠勤をしたことのない勅使河原氏が、翌朝になっても社に現れないのを不審に思った同僚が自宅を訪ねたところ、キッチンで倒れている氏を発見。勅使河原氏は、あの高校生ベストセラー作家の鷺沢晶さん、並びに、ミステリーの大家《たいか》、榎木《えのき》暁《さとる》先生をヒットメーカーに育て上げた敏腕編集者として業界では有名。出版界の風雲児と呼ばれる勅使河原さんを失った出版業界は、今、大変ショックを受けている――、とか三面記事の隅っこに書かれちゃうのよね…。でもきっと、テッシーごときで、社葬は出ないわ…社葬を出して頂けるには、あと四十年は頑張らないとっ！　でもちょっと待って…死因がモチっていうのが、何だかとってもセツナイわ…。テッシー、できれば死ぬ時は、九十歳くらいで、それでもまだ編集者として、目を光らせてて、素晴らしい原稿を読みながら、感動のあまり昇天《しょうてん》っていうのが、夢だったのに…モチっていうのは、納得いかないわっ。どうせ喉に詰まらせるんだったら、一個二千円位しちゃう大トロとか、思いっきシ脚《あし》の太いタラバガニとか、下関で捕れたフグの薄作りとか、あ、福岡のからしメンタイコもいいわね…。洋食関係で言ったら、ニンニクとバターがほのかに香るエスカルゴも捨て難いわ…。帝国堂《ていこくどう》のスペシャル・ヒレカツも好物のひとつよ。あれは、箸《はし》で切れるヒレカツなの。デザート関係の話をすると、和菓子に目がないテッシーとしては、まず、岡埜《おかの》栄《えい》泉《せん》の豆大福を候補にあげるわ。あ、豆大福で思い出したけど、春はやっぱり桜モチよ…」

結局、最後は餅で落ち着いている――。

餅好きなんだ。

そういえば、ポルトガルのビーチで俺らがバーベキューをする時も、魚とか肉と一緒に、サトウの切り餅シングルパックも焼けば、味がしみておいしいのよっ、とか力説してた。

ハッ――。

そんなことじゃないっ。

俺ら今、ずうずうしく人様の出版社の編集部内で、フルーツ・パフェを御馳走になっているが、そういうことじゃなかっただろうっ？

訪問の趣旨をすっかり忘れている、俺と花月と悠里であった。

俺らが今、いるところは、大手出版社が集まる、東京都は千代田区にある、文芸書で有名な冬夏出版だ。

俺らが訪ねているその人は、冬夏出版の文芸局にお勤めの、勅使河原遼太郎さん――愛称というか、自称、勅使河原さんの名字から取ってテッシーさん――だ。

見た目は怖いくらいに、研《と》ぎ澄《す》まされていて、びっくりするほど男前で、いつだってきりっと苦み走っていて、隙《すき》がなくって、常に緊迫した雰囲気を持っている人なのだが、俺らみたいな、年少者と話す時は、思い切り言葉遣いが柔らかくなる。

たぶん見た目通りだと、あまりにも威圧感があるので、すごく気を遣ってしゃべって下さっているのだと思う。

この勅使河原さんとは、先月の地中海豪華客船ツアーで知り合って、以後、とても仲良くして頂いている関係だ。

船旅で別れた後も、東京で『写真交換会』とか、『地中海の想い出を語り合う会』とかを開いて下さる。その時は、小説家の鷺沢とか俳優の氷室も、必ず駆けつけてくれる。それはとても楽しいひと時だ。

そんな勅使河原さんは、見た目のシャープさとは裏腹に、気持ちが優しく、頼りがいがあり、それこそウルトラマンみたいに、困った時、驚く程力になって下さるすごい人だった。

とにかく、俺らにとって、唯一信用がおけるマスコミ関係の人だ。

「で、このパフェはね、階下の喫茶店から、運んできてもらうのよ。マスターはイカツイ顔してるけど、パフェを作らせたら千代田区一の腕ね。ピーチにイチゴにマンゴーにパパイヤ、そして決め手はアーモンドスライスに、ビター・チョコがトッピングされてるところよ。グラスの底で眠ってるアイスは、バレンシア・オレンジ味よ。その上に、かかっている生クリームがまたフレッシュなの。晶ちゃん——いけないっ、ここは編集部なんだもの、テッシー自分の立場をよく考えて、きちんとしなくちゃっ、晶ちゃんじゃなくて鷺沢先生よっ。その鷺沢先生もこれが大好物なのっ」

勅使河原さんの前では、いつもしゃべりまくっている俺ら三人も、つい言葉が少なくなる。

勅使河原さんのトークは濃くて、聞いていると催眠術《さいみんじゅつ》にかかったように、聞き入ってしまうからだ。

「ハッ…い・け・な・いっ…。テッシーまた、こんなに一人でしゃべってしまって…。未来ある高校生にトークの機会をまったく与えてないわっ。これじゃだめなのよっ！　テッシーの独壇場になったって、世界はひとつも変わらないのっ。ごめんなさい、涼ちゃんっ、なっちゃん、悠ちゃんっ、せっかく遊びに来てくれたのに、そんなに寡黙《かもく》になっちゃってっ！　でも今日は金曜日っ、火・木じゃないのよっ。みんなっ、テッシーのことは忘れて、自由にトークを弾ませてちょうだいっ。パフェも溶けないうちに、召し上がってねっ♥」

そんな勅使河原さんはブラック・コーヒーを飲みながら、長かった会話にひと区切りをつける。

その、きりりとした瞳の中には、いつだって優しい光が零《こぼ》れている。

「勅使河原さん、今日は本当に突然お邪魔してすみません…でも、どうしても、どうしても、お力をお借りしたいことがあったもので…」

俺はいったんパフェのスプーンを置き、勅使河原さんにきちんと向き合った。

その瞬間だった——。

「わかってる、涼クン――もう、何も言わないでいいから――」

勅使河原さんの目はきらりと光り、近くを歩いていた二十代の男性の姿を捕らえていた。

「武者小路《むしゃのこうじ》くん――今朝、私がお願いした情報は、収集できておりますか――」

この時、勅使河原さんの声のトーンは、瞬間、仕事モードに戻っていた。

思わず背筋を正してしまいたくなるような、低音だった。

身が引き締まるような声色。

その男前の顔にぴったりマッチした、冷静沈着な話し方。

これが仕事場での本当の勅使河原さんなんだ…。

「はいっ、勅使河原さんっ、資料、あらかた集まりましたっ。すぐにお持ちしますので、お待ち下さいっ！」

武者小路と呼ばれた青年は、緊張の面持ちで自分の席へ走ってゆく。

勅使河原さんはきっと、かなり尊敬すべき上司なのだろう。

「彼…フルネームで武者小路富左衛門《とみざえもん》っていうのよ…テッシーが言うのもナンだけど、名前…長すぎない…？　代々続いている米問屋さんの息子なんだけど、新人歓迎会の時、『これからは自分のことを…武者小路のムと富左衛門のトを合わせて、ムトーと呼んで下さい』って、イキナリ挨拶したの…。それだったらいっそ、『武藤《むとう》』っていう名字に変えたらって思うけど、彼なりに気を遣って色々と考えた末の発言だったんでしょうね…。でもよく仕事をしてくれる、とてもいいコなの…」

あ…このバレンシア・オレンジのアイスって…本物だ…香りがよくて…おいしい…。

口に入れたとたんに、眩しいスペインの太陽が溶けていくカンジだ…。

「涼ちゃんっ、聞いてるっ？　だからムトーっていう名前をどう思うか、是非、秀麗学院来期の学院最高頭取としての意見を聞かせてほしいのっ」

「あっ…えっと…そ、そうですね…彼…その…ムトーさんって…言うんですか…。でも、ムトーっていうよりも、武者小路の方が、遥かに格式があるっていうか…出版社的には、すごく響きがいいと思うんですが…」

「そうよ…その通りなの、テッシーもそう思うわ…だからテッシーは彼のことを、ちゃんと武者小路くんって呼んでるのよ。名前は大事にしないとね。でも、テッシーはテッシーでいいのよ。遠慮なくテッシーって呼んで♥」

そんな勅使河原さんは、ビルが連なる都心の空をふっと眺めていた。

不思議な人だ。いつだって自分の世界を持っている。

「お待たせしました、勅使河原さんっ――。こちらが先程『週刊芸能通信』の編集部から集めてきた裏情報ですっ」

武者小路富左衛門青年――自称ムトーさん――は息を切らせて、資料の束を勅使河原さんに手渡していた。

「ご苦労さま——、じゃあ少しお話を聞かせて頂きたいので、武者小路くんもここにいて下さいね」

勅使河原さんは、苦み走った顔で言うと、静かな面持ちで、資料に目を通し始めた。

＊

俺らがパフェを御馳走になる、そのグラスとスプーンがかちゃかちゃなる音が、ようやく止んだ頃——。

難しい顔をした勅使河原さんが、ようやく資料からふっと目を外す。

そして、まず俺の顔を見た——。

「結果からお話しさせて下さい——一条氏には、間違いなく、お子さんがいたようです。現在高二…になる息子さんのようです」

勅使河原さんは本当にすごかった。

俺が何を知りたいのか、俺が言う前にもうすでにわかっていた。

たぶん俺たちが今日、訪ねてくることもわかっていたのだろう。

だから、昨日の晩、ニュースで一条家の騒動を知った後、今朝から俺のために、亮さんのことをあれこれ調べていたに違いない。

「ただ、この一条氏は、お子さんをもうけた女性とのお付き合いを、本当に極秘《ごくひ》にしていたようです。母親に強く反対されていたからです。と言うのも、二十年程前、一条グループはバブルの絶頂期に向かいつつあり、飛ぶ鳥落とす勢いで世界中にその事業を発展させておりました。そんな中、母親が亮さんの結婚の相手に望んだ相手は、政界あるいは経済界のトップにいる権力者のお嬢さん——しかもかなりの教育を受けた女性でないと、これからの一条家を支えられないと思ったからです。しかし当時、亮さんがお付き合いをしていた女性は、そんな権力のある家のお嬢さんではありません。ごく普通に出逢った、それこそ普通の家庭のお嬢さんのようでした。一方、一条家というのは、実は亮さんの母親の血筋で続いてきた一大財閥で、現在の亮さんのお父上は、婿養子《むこようし》として家に入ってますので、母親の意見は絶対的なものでした。亮さんは一度、その女性をご両親に紹介しようとしたようですが、彼女は門前払いをされ、顔さえ見て頂けなかったようです。亮さんは母親を説得することもできず、かといって、その女性と別れることもできず、数年極秘に付き合いを続けていったようです。そんな中、彼女は子供を身ごもり、男の子を出産しました。しかし亮さんは子供を認知することもできず、しばらく自分の家の近所に、極秘にその女性を住まわせていたようです」

家の…近所…？

「勅使河原さん、その女性が子供と住んでいた場所ってわかりますか？」

「いえ、番地まではわからないのですが、亮さんの住んでいるお屋敷町とは線路を隔てて反対側のどこかということは、はっきりしているようです…。亮さんの高校時代の同級生が、たまたまその線路を隔てた向こう側の町に住んでいて、その女性が、亮さんと買い物をしている姿を何度か見たそうなのです…声はかけられなかったそうですが…」

「勅使河原さん、俺の母親も、あのお屋敷町の逆側の町に住んでました。商店街のある方の住宅街の一角です」

「そう、でもそれだけじゃまだ、なかなか確実な証拠とはならないけれど、涼くんの年といい、あなたのお母さまがその町に住んでいた時期といい、あまりにも色々なことが符合しているわ。今ならDNA鑑定をするっていう方法もあるわね…。ここまで色んな事実が合致したら、直接、一条家の人ときちんと話し合ってみるのもいいかもしれないわ…もちろん、その時は私が一緒について行くからね」

勅使河原さんは、眉間《みけん》にしわを寄せる。

でももし、俺がその亮さんの息子だとしても、そのご両親からは望まれてなかったわけだから、今更名乗りを上げて、どうなるのだろう…。

しかももう、亮さんは亡くなっているんだ…。

と、その時、編集部をバタバタ走ってくる、年配の男性がいた。

まだ三月なのに、アロハを着ている…しかも、真っ黒に日焼けをしている。社内にいるのにサングラスだ…。

「テッシーっ、お待ったせぇーっ。すんごい特ダネGET《ゲット》してきたからねえ！　これでもう、テッシーも去年の僕の不祥事、水に流してくれるよねっ？　だって、テッシーあれから怖いんだもん、社内で会っても、視線が鋭いしぃ…」

誰なんだ、この人…いったい…。

堅いイメージの文芸書の会社で、すごく浮いてるカンジの人だ。

「あっ、みんなっ、驚かして、ごめんなさいねっ。こちらは冬夏出版『週刊芸能通信』の編集長、徳種《とくたね》さんなの。今、編集長が不祥事って言ったけど、ヒドイの、この人っ。去年、氷室クンと鷺沢先生をケンカさせるような、しょうもないガセネタを週刊誌に書いた人なのよっ。テッシー、同じ会社に勤めてる人間として、あの時、泣いたわっ。5、9《ファイブナイン》で号泣よっ。あ、でも、ケイくんと晶ちゃんの間の誤解は解けたから、もう大丈夫よ…」

そりゃあ大丈夫だと思う…だってあの二人、すごく息が合ってるし、仲がいい…。

そんなことはまったく、心配してない…。

「あれっ、ところでテッシー、今日は何の取材してんのさぁ。こちら、ひょっとして、女性月刊誌『インヴィラーノ』に載せるカリスマ高校生？　だったりして？　賢そうで、可愛いコばっかりじゃないのさぁー。やっぱし、テッシーって、や・り・手」

俺も花月も悠里も、再び寡黙になってしまう。

「徳種編集長――、ところで、今おっしゃった特ダネって、いったい何でしょう」

勅使河原さんは、声のトーンを2オクターブくらい下げて言う。

こめかみ付近に小さな青筋が走っている…。

「あっ、テッシー、やっぱしまだ怒ってるんだ…。えっと、勅使河原クン…ほら、今朝言ってた、一条亮の付き合ってた女性の写真…十八年程前の大スクープなんだけど、他社の写真週刊誌が撮ったものを、もらってきたんだよ。結局、その特ダネは、一条グループがもみ消して、写真は掲載はされずにボツになったんだけどね…ま、とにかく見てみる？」

十八年前の…大…スクープ…！

俺が生まれる前の…母と…一条氏の…写真…なのか…？

徳種編集長が、他所《よそ》の大手出版社の名前が入った大判茶封筒を勅使河原さんに手渡していた。

「恐れ入りますっ、徳種編集長っ、御足労《ごそくろう》かけて、すみませんっ。他所様の会社まで出向いて下さったんですねっ。ありがとうございますっ！　恩にきますっ！」

勅使河原さんが、立ち上がってようやく明るい声で言う。

その時、俺の鼓動は、ピークに達していた。

俺の両脇では花月と悠里が、息を呑んでいた。

勅使河原さんは、一枚の大判写真を大切そうに封筒から取り出し、すぐに俺に見せてくれる。

俺は、そこに写っている、二人の姿に目を凝《こ》らす。

一条氏が、大きいおなかをした女性を気遣いながら、寄り添っている。

女性は、とても…幸せそうな顔をしながら…そっとそのおなかに手を当てていた…。

場所は、昨日歩いた、あの商店街だった…。

涙が出てきそうだ…。

「涼ちゃん…どう…この方…お母さんかしら…」

勅使河原さんが、震える声で言った。

俺はすぐには、返答ができなかった。

なんて言っていいのか、わからなかった。

だって…その幸せそうな…笑顔の人は…。

俺の母親じゃ…なかったから…。

ほっとしたのと、再び父親の手掛かりがなくなってしまったことの空しさからか、張り詰めていた糸のようなものが、音をたてて切れるのがわかった。

また、振り出しに戻ってしまった。

何もかもがわからなくなると、言いようのない悲しみが押し寄せてきた。

改めて自分の半分が消えていくような思いだった。

がっかりしている自分が、みっともなかった。

俺はいったい…誰なんだろう…と思う…。

最後の灯火《ともしび》　～The last light～

普通に考えればよかったんだ。

もっと冷静になれば、すぐに答えは出たはずだ。

俺のアパートにある——今や形見となってしまった——父が母に贈ったであろう銀座の一流宝飾店の品々は、俺が生まれる前の前の年のクリスマスのもので、最後のプレゼントとなっていた。

昨年、その銀座の宝飾店を訪ねて、それぞれの品がいつ発売されたのか、調べてもらってわかっていることだ。

俺は二月に生まれている。

母は父との最後のクリスマスに、エメラルドとルビーのちりばめられた指輪をもらっていた。

それからしばらくして、母は俺を身ごもり、そのことできっと父の前から姿を消してしまったのだろう。

俺が生まれることがきっと、父に何らかの妨げになってしまうことを恐れたのだろう。

母はいつだってそういう人だった。

自分の幸せより、自分の愛するものの幸せを真っ先に考えてしまう人だった。

だから、自分から身を引いて、姿を消した。

そんな母が、別れた男性のいる町のどこかに、ひっそり住むわけがないのだ。

どうしてそんな簡単なことにも気づかず、一条氏を自分の父親だと思い込もうとしたのだろう。

ただ名前の音が同じというだけで——。

少し雰囲気が似ているというだけで——。

母親と近い年齢の人だというだけで——。

一条家の人にもきっと迷惑をかけてしまった。

申し訳なくて、情けなくて、何だか自分が嫌になる。


「アキラ——悪いけど、洗い物はいったんそのままにしておいて、ハヅキさんのテーブル、サポートに入ってくれる？　外国のお客さまがお見えになったの…いつものように、通訳お願いね…？」

「アキラ…？」

いきなりママにぽんっと肩を叩かれていた。

「あっ、ごっ、ごめんなさいっ、俺っ、気がつかなくてっ…」

俺は握っていた洗剤だらけのスポンジを、流しに放り投げていた。

アキラというのは、店での俺の名前だった。

本名で働くわけにもいかなかったので、ママがつけてくれた名前だ。

今日は、仕事日の金曜日だった——。

冬夏出版を後にすると、俺は花月たちと別れ、いつものように会員制のナイト・クラブに働きに出ていた。

「アキラがぼんやりするなんて、珍しいわね…この間の風邪で、まだ体調が悪いのかしら…。大丈夫…？　無理しちゃだめよ」

ママは心配そうに俺を見ていた。

「すみません…でも…俺…大丈夫です。えっとハヅキさんのテーブルですね…。ああ、グローバル物産の中谷《なかたに》専務がお見えですね…」

お得意様は、今日は三人も、外国のお客さんを連れてきて下さっていた。

「涼…さっき、田崎社長も少し心配していたみたいだけど…本当に大丈夫…？　もし、体調がよくないようだったら、無理しちゃだめよ。早く上がっていいからね…。いつも言ってるけど、健康が一番大切なのよ…」

ママが俺のことを本名で呼ぶ時は、いつも母親みたいな顔になっている。

そして田崎のお父さんは、今日も先程、六時の開店と共に、店にやってきてくれていた。

俺は、努めて明るく振る舞ったつもりだ。

今日あったすべてのことを忘れるつもりで。

実際、お父さんの顔を見た瞬間、俺は今日初めてほっとした気持ちになった。

いつもの自分に戻れるような気がした。

「大丈夫です、俺——今日、ちょっと色々あったもので、考えこんでしまいましたが、考えてもしようがないんです…本当は…」

だって、もう、一条氏が俺の父親でないことが、はっきりした。

「そうよ、アキラ、考えてどうにもならないことは、もう考えないの。人生は長いようで、短いから、悩むだけもったいないわよ。人間の悩みなんて、尽きないものなの。そんなことで頭を悩ましているより、努めて明るいこと楽しいことを考えるようにして、常に笑顔を絶やさないようにすること。すると不思議なもので、いいことばかりやってくるようになるわよ。これはね、福の神を味方につける方法なの。騙《だま》されたと思って、試してみて。それに、アキラは何たって笑顔が一番似合うんだから、ね」

ママにそう言われると、信じないわけにもいかなくなる。

だって俺の倍以上も生きてきて、俺よりもっと大変なことをいくつもいくつも乗り越えてきた人の言葉だ。

そういえばよく考えると、悠里だって花月だって、辛いことはきっとたくさんあると思う。

それでもいつも、いつ見ても、明るく元気に振る舞って…頑張っている。

だから実際二人はいつも、パワーがある。

暗さを撥《は》ね除《の》ける、力だ。

あの勅使河原さんだってそうだ。仕事で辛いことも多いだろうに、それでもいつ会っても、とびきり明るくて面白い。生きる力が漲《みなぎ》っている。

俺も前を向いて、頑張らないと…。

悠里や花月や勅使河原さんみたいに、笑って悩みを吹き飛ばしていくような力を持とう。

ママの励ましに、元気が出てくる自分がいた。

俺の半分が誰からできているかなんて、もう関係ない。

俺はこれからだって、このままで百パーセント俺なんだから。

＊

深夜、その日の仕事を終え、大通りへ出た時だった。

ビルの前、路上駐車している黒塗りのハイヤーの窓が、するする下りてゆくと、誰かがにこにこ俺に手を振っていた。

「お父さん――」

俺はもうその瞬間、笑顔になって、その車に駆け寄っていた。

田崎のお父さんが、後部座席からゆっくりと降りてくる。

「涼、今日もお仕事、よく頑張ったね…。寒いだろ？　お父さんが、送っていこうね」

不思議だった――。さっき、会ったばかりだったけど、本当はまたお父さんの顔が見たいと思っていたところだった。

「俺、お父さんに会いたかったんです――」

自分の気持ちをそのまま伝えていた。

「わかってるよ――。だから私は、ここに来たんだよ。涼が呼んでいるような気がしてね」

お父さんは、嬉しそうに言ってくれた。

「涼――そうだ、明日は土曜日だから、学校が終わったら、お父さんと買い物に行こうね。四月から高校三年生なんだから、また参考書を色々と揃えないといけないね…」

俺は、静かに頷いていた。

「それから…新しいワイシャツも、靴も、靴下も……みんなみんな揃えておかないとね…。

なんたって涼は、学院最高頭取になるんだ…。みんなのお手本の最上級生らしく、身支度をきちんと整えてあげるのは、親の役目だ…。

そうそう…それからお父さんは、涼が新学期に学院の代表として、全校生徒に挨拶をするのが楽しみでしようがないんだよ…涼は私の自慢の息子だからね…今から、四月が待ち遠しいよ…」

何か言おうとすると、涙が零《こぼ》れそうで、俺は結局、最後まで頷くしかできなかった。

お父さんは…ちゃんと…ここにいるのに…。
いつだって側にいてくれたのに…。
気づかない俺は、何てバカだったんだろう…。
こんなに幸せなのに…いったい…何を求めていたんだろう…。
ごめんなさい、お父さん。
ありがとう、お父さん——。

＊

「ふうー。しかし私の早とちりから、話が膨《ふく》らみに膨らみ、不破にはすっかりご迷惑をおかけしてしまいましたね…。今回のなっちゃんは、大失敗です…」

翌日、土曜日——。

俺は晴れ晴れした気持ちで、二年G組のクラスにいた。

昨夜、お父さんが仕事場まで迎えに来てくれて、胸のうちをすべて話したら、つきものが落ちたように立ち直っていた。

「いや、花月、俺こそ悪かったよ。よく考えると、あんなことありえないのに、人間って、思い込み始めると、都合よく何もかもが真実のような気がしてしようがなくなるもんだな…。俺こそ、大失敗だよ…。今だから言うけど、あの一条さんって、絶対俺の父親だと、信じ込んでいた…。御焼香で、一条さんのお母さんを見た時も、あ、この人、俺のお祖母さんなのかも、とか思って、ドキドキしたよ…。俺って、ずうずうしいよな…」

「何を言ってますか、不破…不破がずうずうしいんだったら、私なんて、極刑にしてもまだ許されない、キング・オブ・インピュデント、ずうずうしいの王様です」

King of impudent…?

「あ、ごめん、花月…あのさ、細かいことなんだけど、インピュデントっていうのは、形容詞だと思うんだ…。で、一般的に前置詞の後は…通常、名詞が必要になるから、impudentを名詞に変えて、impudenceの方がよくないか？　あ、でも、まてよ…そうだ…形容詞にtheをつけて名詞的用法にしたら『～の人たち』あるいは、特定の個人を指し『～の人』っていう意味にもなるから、どうせなら、キング・オブ・ザ・インピュデントだったら、いいんじゃないか？　あ…でも、それだったら、ずうずうしい人たちの王様…っていう意味になるから、それはやっぱりヘンだな…。と、いうことは、キング・オブ・インピュデンスでいいのかな…。どうだろう…そこんとこ…」

「さあ…どうだろうね…ア・ナ・タこそ、本物のキング・オブ・インピュデンスってカンジがしてしようがない今日この頃のワタシなんだけど…不破くん…できればワタシ、誰だか、まだ覚えてる？」

ハッ——————！

俺は握っていたペンを落としていた。

「アナタのご講義…いつもとてもタメになるね…。でも、それだったら、ワタシはココにいらないよね…。不破くん…ワタシ…誰…？　教えて…？」

どうして俺って…いつも…いつも、こういうところで大失敗をしてしまうんだ…。

「さ、遠慮なく言って？　不破くん…ワタシ…誰…？」

「えっと…あう…黒《くろ》…黒…黒田《くろだ》先生…で…す…」

「で、ワタシの…受け持ち授業は…ナニ…？」

「ううー…英語…です…」

「で、今、何してたの、次期、学院最高頭取の不破涼くん…確か、学院の鑑《かがみ》」

「えっと…俺…か…花月クンと…かたっ…語らって…まし…た…」

「花月くんは語らってないでしょう？　ほら、見てごらん、なっちゃんは真面目ないいコだよ。ちゃーんと教科書開いて、僕が書いた黒板の文字をノートに写してるね…。あ、ほら、辞書も引いてる——ラインマーカーでしるしもつけてるよ」

ひ…ひどい——花月——最初に話しかけてきたのは、そっちだったのに…。

あっ、気がつくと、机まで俺から二十センチくらい離してるっ…。

さっきまで、ぴったりくっついていたはずなのに…ずるい…。キング・オブ・ズルイ…っていうか、『ずるい』は形容詞だから、キング・オブ・ズルサ…って、もういい…。

「で、不破くん、こういう時は通常、放課後どういうことが起こるんだっけ…今までの経験上から推察すると…」

「きっ…勤労…奉仕…です…」

クラス中みんな、肩を小刻みに震わせて笑っているのがわかる。

「わかってるなら、先生ももう、不破を怒っちゃいけないかなー。不破こそ、勤労奉仕の王だよ。キング・オブ・きんろーほーし。ツクツクボーシじゃないよ。西遊記《さいゆうき》の三蔵法師《さんぞうほうし》でもないからね。とにかくその調子で、来学年もよろしくね。取り敢えず今日は、そーだなー、中等部三年の春休みのプリントでも作ってもらおっかなー。長文いれたヤツね…おもいっきし難しくしてやって。Ｂ４用紙にぎっしり三枚くらいね。パソコンで入力しといてよ」

あっ…髪の毛で隠してるけど、花月が涙を流して笑っている…。

なっちゃん…ひどい…ひどすぎる…。

でも、俺…負けない…頑張る…。

みんなに笑われて、不思議と元気になっていた俺だった。

＊

そしてこの土曜日の放課後、黒田先生の勤労奉仕をして、夕方、お父さんと参考書を買いに新宿《しんじゅく》の大型書店へ出かけた。

日曜日も、またお父さんとデパートへ行き、そこで新しいワイシャツを誂《あつら》えて頂いた。その夜、夕飯は俺が作って、お父さんの家に泊まって、そこから学校へ向かった。

月曜日の朝、お父さんは玄関でいってらっしゃいと言ってくれて、俺が見えなくなるまで歩道に出てずっと手を振ってくれていた。

三学期も残すところあと、三日——。

振り返ってみると、色々あった一年だったけど、いつも友達に恵まれ、笑顔が絶えない日々だったことに気づく。

来学年はどういう年になるんだろう…高校生活を締めくくるいい一年にしたい。

そんなことを一日中、ぼんやりと考えていた。

そして六時間目の授業が終わった、その時だった――。

担任の鹿内先生がクラスに現れ、終業のホームルームを始めた。

何だか、顔色がさえないのに気がついた。

先生は、二、三の伝達事項だけでホームルームをすぐ終える。

そして、みなが帰り支度を始めると――そっと俺の側に寄ってきて…。

「不破――ごめんな…ちょっと話があるんだけど…一緒に来てくれるかな…」

鹿内先生は、困り果てた顔をしていた。今日はもう冗談を言ってくれない。

俺が先生に連れて行かれた先は、学院長室だった。

あまりの不安に目の前が真っ暗になってしまった。

俺はこの二年、色々な問題をかかえ、この部屋で、いくつかの厳しい処分を言い渡されてきた経験を持つ。

ここはあまりいい想い出のない部屋だ。

何かとんでもないことが俺に起こっているのだけは、確かだった。

鹿内先生と入ったその部屋には、大机の前、学院長が難しい顔をして座っていた。

俺はまず、一礼した。

心臓がばくばく言っていた。

死刑宣告をうける囚人《しゅうじん》のような気持ちだ。


「まあ、不破くん——そこにかけなさい——」

来客用ソファを俺に勧めてくれるが、体が強ばって座れない。

何かあったんだ…とんでもない何かがあったに決まってる…。

「不破くん…とにかく、座りなさい」

学院長も椅子から立ち上がり、ソファにやってくる。

「大丈夫だよ、不破——座ろうか…？」

鹿内先生の言葉で、ようやく俺は着席する。

「実は…先程、教員室で夕刊を読んでいた他の先生が、ある広告の見出しに気がついて…この週刊誌を買ってきたんだ…」

学院長は、先程から丸めて握っていたその雑誌の表紙を開いて見せた。

『週刊潮流』…サラリーマンのお父さんがよく読んでいる、週刊誌だ。

表紙のサブタイトルに、とんでもない文字が書かれてあった。

一条家、醜《みにく》い跡継ぎ騒動、勃発《ぼっぱつ》か！

故一条亮氏に、十七歳の男子隠し子発覚。


「学院長っ、これ、俺じゃありませんっ。先日、あんな報道でお騒がせしましたが、これ、本当に俺じゃないんですっ。まったくの勘違いだったんですっ」

俺は立ち上がって、大声で言った。

まさか…こんなことで…退学になってしまうのか…？

「不破くん…私は君を責めてるのでもないし、怒っているのでもない、違うんだよ。ただ、こんなことを書かれてしまって、君のことをすごく心配しているんだ」

学院長は、真顔で言った。

「週刊誌はあることないこと、事実のように面白おかしく書き立てるものがある。これもきっとそういった類《たぐい》のものだと思う。記事には、うちの学院のことも、君の名前も、伏せられているが、写真が掲載されてしまって…。不破くん、申し訳ないが、取り敢えずざっと、この記事の内容を確認してくれないか？　それから、うちの学院としても、この週刊誌に抗議したいと思うんだ…」

学院長は俺の味方になってくれるのか…？

俺はどういうことになっているんだ…？

俺は震える手で、その記事を読み始めた。

（中略）一条亮氏は、二十年前、自宅近くの喫茶店で働いていたウェイトレスのAさんと出会い、交際を始めるようになる。Aさんは大学に通いながら、学費を稼ぐために働いていたが、ほどなく妊娠。大学を退め、一条氏と結婚を考えるが、一条氏の母親が猛反対し、結婚を断念する。Aさんは、認知されることも許されず、男子を出産し育てていたが、一条氏の将来を考え、ある日、子供と共に身を隠してしまう。以来、行方知れずになっていたが、先日の通夜の場に、Aさんの十七歳になる息子が、弔問に訪れた。なんと、その少年は現在、天涯孤独《てんがいこどく》で、母であるAさんをすでに亡くしており、東京の超名門私立校に奨学生として通っていた。驚くべきことは、その少年には、現在ちゃんと生活を支えてくれる後見人がおり、その後見人が、有名な銀座の画廊のオーナーであることだ。その銀座の画廊のオーナーと少年の繋がりはどこから生まれたのか、また、一条家の跡取り問題で遺産はどうなるのか、少年は今や、どちらに転んでも大きな財産を手にいれる、幸福な人生の分岐点に立っているようだった。苦労の連続だった少年の半生が、報われる日は近いようだ。

どう…し…よう…こんな…記事…お父さんに…また…迷惑を…かけてしまう…。

週刊誌には、俺と田崎のお父さんが、この土曜日、新宿の大型書店で参考書を選んでいる写真が載せられていた。二人の目に、太い黒線が引かれてはいるが、これは、見る人が見たら、すぐわかることだ。いったいいつ、写真を撮られてたんだ…？

俺が…お父さんに…甘えてばかりいるから…こんな写真を掲載されてしまう…。

一条家のことよりなにより、それが俺には一番ショックだった。

「学院長…鹿内先生…この写真の人は…俺の…恩人なんです…。後見人じゃありません…。親戚でもありません…父親のいない俺に、すごく親切にしてくれた人なんです…。銀座の画廊のオーナーで…ふとしたことで知り合って…息子さんが高二で交通事故で亡くなってしまってるんです…。それで俺…その息子さんに瓜二つなんです…。それで…それだけのことで、すごく、優しくしてもらって…俺にとっては、お父さんみたいな人なんです…。それなのに…こんな風な書かれ方をしてしまって…俺…お父さんに申し訳ないです…。それに俺、今まで一度だって、お父さんの財産をほしいなんて思ったことはありません…。お父さんみたいな人がいつも側にいることが、すごく安心で…嬉しかっただけです…。なのに…こんなこと…書かれてしまって…俺…もう…お父さんに…合わす顔が…ない…です…」

悲しくて、悔しくて…涙が零れそうだった。

どうしていいのか、わからない…。

俺はもう、お父さんに会うことができない。

それが…一番…辛い…。

大好きな…お父さんだったのに…。

俺の…たった一人の…お父さんだったのに…。

意識が遠くなりそうだ…また真っ暗な闇の中に落ちていきそうだ…。

小さな…小さな…明かりまで…消されて…しまった…。

どうして…いつだって…こんなことになってしまうんだ…。


こんなにお父さんに迷惑をかけて…許されるはずがないんだ…。


二日前、あんなに楽しいひとときがあったのに。

何もかもが、想い出になって消えてゆく…。


……店員さん、このコは腕が長くてね…既製のワイシャツじゃたけが足りないんだよ……

……まあ、ホントだわ。お背が高いと思ったら、手脚もすらりと長くって……

……汗の吸収がいい、一番上等の生地で、ピシっとしたシャツを作ってやって下さいね……

……きっとお似合いでしょうね……だって、お父さまにそっくりだもの……

……実はこのコは、この四月で高三になりましてね、
来期の学院の代表に選ばれているんですよ、
色々とみんなの前に立つ機会が多くなるので、きちんとしておいてあげたいと思って……

……ふふ…おまかせ下さい…本当に腕の振るいがいのありそうな息子さんですね……

……いやもう、本当にいいコでね……学校でも人気者なんですよ……

……うふふ…お父さま、お幸せですね……

……いやいや、確かに、毎日楽しくてしようがないんだ……

……今日はこれから、このコの靴も誂えに行くんだよ……

……年度替わりのこの時期が…私は一番楽しいかもしれないな……

……少しは親らしいことをさせてもらえるのでね……

……少しだなんてことはないでしょう……とてもいいお父さまだわ……

……そうですか……そう言っていただけると……嬉しいものですね……

お父さん――ごめんなさい――。

俺は…取り返しのつかないことを…して…しまいました…。

もう一人の十七歳　～A real son～

「学院長っ、鹿内先生っ、いったい何なんですっ！　不破が何をしたっていうんですっ！　こんなところに呼び出したりしてっ！」

その時、バーンと扉が開き、花月が血相を変えて飛び込んできた。

悠里や二Gの仲間も一緒だった。

「あ…いや、那智くんっ、何でもないんだ…大丈夫だっ…。この間の一条グループのことで、不破くんのことが、少し週刊誌ざたになってしまっただけだっ…」

担任がなだめに入ろうとする。

「大丈夫じゃないよっ、涼ちゃん、真っ青じゃないっ。学院長っ、先日のことだったら、涼ちゃんは何も悪くないよっ！　そうでしょうっ？　週刊誌ざたになろうがどうしようが、そんなことは知らないよっ。涼ちゃんはとにかく、一条家とは、まったく関係ないんだからねっ！　それはもうはっきりしてることなんだっ。まさかそれで涼ちゃんを退学にさせるつもりじゃないだろうねっ！　そしたら僕、教育委員会に訴えるよっ。そして、僕も秀麗を退めてやるっ！」

まずい…悠里までが、学院長に噛みついている。

その花月と悠里の後ろに、速水も来ている、桂木もだ、森下…皇…逢坂《おうさか》…宇城《うじょう》…浅丘《あさおか》…成瀬《なるせ》…小山田《おやまだ》…ほとんどのクラスメートが集まっていた。

これはとんでもない騒ぎになった。

「みんな…違うんだ…先生たちは悪くないんだ…。俺が先日、勝手に一条家の弔問に訪れたりするからいけないんだ。マスコミが俺を一条さんの息子だと思い込んで…勝手に記事を掲載されてしまった…。あと、俺が銀座の画廊の社長さんと、親しくさせて頂いているから、その人にも迷惑をかけるようなことを書かれてしまって…それで…先生たちは、俺のことを心配してくれているだけなんだ」

いつだって俺は、こうやってクラスのみんなに心配をかけてしまう。

「えっ…そ、そうだったの、涼ちゃんっ、ひゃーっ、…がっ…学院長っ、ごっ、ごめんなさいっ…えっと、えっと、涼ちゃんのこと、退めさせないんだね…えっと、ついでに、僕も退めさせないで下さいっ」

悠里が顔面蒼白《そうはく》になってしまう。

「あの、すみませんっ——、では、そこにある週刊誌が問題なんですねっ。ちょっと目を通させて頂いてもよろしいですかっ？」

花月は学院長にぺこぺこ頭を下げながら、応接机の上から、『週刊潮流』を取り上げる。

悠里も花月と共に記事をのぞき込んで、内容をチェックしている。

「なんでっ…！　いったい、なんで、田崎のお父さんのことまで…書かれないといけないんですかっ…。何が幸福な人生の分岐点なんですかっ。不破のこと…何も知らないでっ…よくも…よくもこんな記事を書けたものですっ…」

花月の怒りは半端《はんぱ》じゃなかった。

即座に週刊誌を床にたたきつけていた。


他のクラスメートは、その週刊誌を拾い上げ、順番に目を通してゆく。

「おい、黙ってることないよっ！　みんなでこの記事を書いた『潮流社』に抗議に行こうぜっ。ふざけやがってっ。こんな言葉の暴力が許されるわけがないんだっ」

速水が大声で怒鳴っていた。

「本当にそうです。私もそう思っていたところですっ。絶対に謝罪文を載せてもらいましょうっ！」

「そうだよ、こんなのゼッタイ許せないよっ、人権侵害だよっ」

「なんやいったい、こんなえげつない書き方しよって、売れればなんでもアリなんかいっ、アホかっ！」

　みんなが…俺のために…こんなに怒ってしまう…。

「でも、でも、もういいよ…もう、これ以上、騒ぎにしたくないんだ…ごめんな、みんなにも…嫌な思いをさせてしまって…つまらないことで…学院の名を汚《けが》してしまって…」

　もうどこにもいない父親を無理に探し出そうとしたから、いけないんだ。

「何を言ってますか、不破――あなたは学院の名を汚してなんていませんよっ。あなたはこれからだって、私たちの誇りなんです。胸を張ってて下さい。冗談じゃないですっ。不破をそんな気持ちにさせることだって、許せないっ！」

　花月が怒り心頭に発していた。

　でも、学院をこんな騒ぎに巻き込んでしまったのは、この俺以外の何者でもない――。


　その時、学院長が俺をじっと見て言った。

「不破くん――君は来期の学院最高頭取だろ？　学院中から認められ選ばれた、立派な代表だ。その胸に光るバッジは本物だよ。その君の名誉を傷つけられて、私が黙っているとでも思っているのか？　これでも私は、君のことはわかっているつもりだ。君を傷つけるということは、すなわちこの学院を傷つけるということと同じだ。私はこれから、この雑誌社に抗議をしに行く。来週には、謝罪文を掲載させることを約束する。これが学院長としての私の仕事だと思っている。私はいつも、この部屋のこの大机の前にただじっと座っているわけではない。不破くんは、こんな下らない記事を気にすることはない。君のことは、学院中がわかっているつもりだ。君はこれからも胸を張って、普通にいつも通りに生活していなさい。わかったね——？

だから、えっと…君…速水くん…だったか…？　雑誌社に行くのは、君や花月くんじゃない。この私だ。この仕事、私に任せてもらえないかな…？」

想像さえしなかった学院長の言葉に、クラス中のメンバーがあっけに取られていた。まさかそこまでして頂けるとは夢にも思わなかったからだ。

最初に学院長に頭を下げていたのは悠里だった。

「ありがとうございますっ。先程は数々の暴言、お許し下さいっ。あのっ、涼ちゃんのこと、どうぞ、どうか、よろしくお願いしますっ。さっきは、ごめんなさいっ、えっと、僕、この頃、鼻息荒すぎてっ。反省してますっ！　以後、気をつけますっ」

すると次は、花月が学院長室の絨毯《じゅうたん》の上にひれ伏して、頭を下げてしまった。

「私も、先程はつい、つい…礼儀もわきまえず、いきなり怒鳴り込んだりして、すみませんでしたっ。学院長室というと、どうしてもイコール『退学』っていう、暗い公式ができあがってしまっていたもので…なりふりかまわず暴挙に出たこと…お許し下さいっ！」

それを見たクラス全員が、即座に花月の後ろに座りこんで、学院長に頭を下げる。

「どうか、どうか、不破のことを守って下さいっ。よろしくお願いしますっ――俺らの大事な大事な、代表なんですっ――こんなことで、傷つけないで下さいっ」

みんなの声が一斉に学院長室に轟くと――。

「鹿内くん――君、とてもいいクラスを受け持っているのだね――」

学院長が、担任にそっと声をかけていた。

＊

俺は自分の力になってくれたクラス全員にお礼を言って、下校していた。

これからも大変なことが続くかもしれないが、俺は気をしっかりと持たないといけない。

来学年、自分は学院を引っ張ってゆく立場になるんだ。

自分に恥じない生き方をしたい。

そして俺は先程、早速お父さんに…電話で…謝った…。

お父さんは、そんなことまったく気にしないでいいって、涼のことは自分が一番にわかっているから、気にすることはない、そんなことより、私は涼が心配でしょうがない、お父さんが絶対、涼を守るから、大丈夫だ、あんな記事、どうでもいい、一番大切なのは、涼のことだ、と言ってもらった。

それでも、今しばらくは、お父さんに会えない…どこにどんな目が光っているか、わからないからだ…。

仕事もしばらく、休むしかない…。

そのことを告げると、お父さんはがっかりしていた。

一番、一緒にいてあげたい時に、そうさせてもらえないなんて、親として情けなさすぎるって——肩を落とす様子が、電話口からもわかった。

そんな言葉、俺にはもったいない。

その言葉だけで、俺はもう大丈夫だから——。

そして、今避難している場所は、花月の家だった。

「不破…あなたが今しばらく、特に気をつけないといけないのは、あなたの住処《すみか》です。マスコミはどこまであなたのことを調べたのかわかりませんが、もしかしてひょっとしてあなたの独り暮らしのアパートも突き止めているかもしれません。土曜日に写真を撮られたというのは、たぶん、学院から出てゆくあなたを、ずっと張っていて、つけていったんだと思います。あの日、あなたは、黒田先生の勤労奉仕に、思わぬ時間がかかってしまい、一旦アパートに戻ることもできずに、制服のまま待ち合わせの新宿に行ったわけですよね。そうだとしたら、アパートのことはまだ嗅《か》ぎ付けてないということです。しかし、これからも、あなたは頻繁《ひんぱん》に狙われるかもしれませんから、しばらくの間、わたしの家、あるいは悠里の家に、滞在して下さい。それに、そういう週刊誌ネタは、とにかく命が短いので、不破の話題は、どう長く見積もっても二週間です。どうせもうすぐ春休みなのですから、それまで花月の家でゆっくりとお過ごし下さい…」

飼い猫のキチも花月の家に連れてきている。

しばらくアパートには、戻れないからだ。

表札も外してきてしまった。

自転車に書いたFUWAという文字にもガムテープを張って隠してきた。

「でもさ、僕としては、こういうことも瓢簞《ひょうたん》から駒《こま》っていうか…またあの、豪華客船のツアーみたいに、朝から晩まで涼ちゃんと一緒にいられると思うと…ふう…悪くないね…。あっ、涼ちゃんっ、なっちゃんちの次は、僕んちだからねっ？　交替交替に泊まって！」

悠里は修学旅行気分だった。

と、その時、ひまわりが咲いたような笑顔の、花月のお母さんが、俺らのいる部屋にやってきた。

いつ見ても、和服の可愛らしい人だ。

「なっちゃん、竜さんがお見えになったけど…今、リビングにいらっしゃるから、降りてきてくれる？　お話があるんですって」

竜さん…？　ああ、猪熊組の若頭の竜さんだ…。

「なんでしょう…今日の週刊誌のことで、心配して来てくれたんでしょうか…。とにかく、不破、悠里、行ってみましょう」

俺らは急いで、リビングへ向かう。

そこのソファに、竜さんは背筋を正し、きちっと座っていた。

「ああ、涼さんも悠さんもご一緒でしたか…それはちょうどようございます。実はちょっとお耳に入れておきたいことがありましたもので…」

＊

竜さんの話を聞くや否や、俺と花月と悠里は、とある一軒の店に向かっていた。

花月の住んでいる町の隣駅は、二種の私鉄が交わる大きな駅で、いつも十代の若者で賑わっているお洒落な繁華街だった。

その繁華街の裏通りに、中高生の男子がちらほら遊んでいる、少し寂《さび》れた感じのゲームセンターがある。

店内は薄暗く、そこここで行われているゲーム・マシンの音が、少し騒々しかった。

……実はうちの若い者が、先日、会ったんですけど…隣町のゲームセンターに、

前々からかなりつっぱってる男子高生が、幅をきかしてましてね、

そいつ、その日、ものすごい大金を持ってたんですよ、

仲間には大盤振る舞いで、ビールを飲ませたり…ゲームで遊ばせたり…

とにかくめちゃくちゃ気前がよかったんです、

見ず知らずの、うちの若い者まで、ハンバーガーをごちそうになったり…

そしたらその少年が、したたか酔っている勢いでこう言ったそうです、

「オヤジがとうとうくたばりやがった…

そういうことならこれからは金を絞《しぼ》れるだけ絞ってやる」、って。

一条グループの御曹司が亡くなったニュースが流れた、次の次の日のことでした。

「ざまあみろ、あの家ももうおしまいだ、アイツの代で全部消えてしまえっ！」

「俺の母親を苦しめるから、バチがあたるんだっ！」

そのゲームセンターが彼のたまり場で、その日はずいぶん大騒ぎをしていたそうです……

竜さんの情報に、俺らはいてもたってもいられずに、真相をつきとめようと、店に足を運

んでいた。

その彼の姿は、竜さんの説明の通りですぐにわかった。

ものすごいキツい目。腰まである金髪を無造作にゴムで束ねて。

くわえ煙草で、ゲーム機に向かっていた。

いらいらした様子。

真っ黒なセーターに、真っ黒なジーンズをはいていた。

その仲間なのか、二人の高校生らしき少年が、彼の周りにたむろしていた。

「ちっ、まったくっ、何なんだよっ、またゲーム・オーバーかよっ、クソったれっ！」

彼は思いっきり足でマシンを蹴《け》っ飛ばし、立ち上がろうとすると、ようやく俺らに気がついた。

「なんだよ、じろじろ見てんじゃねえよ——お前ら、新顔かよ——」

いきなりケンカを売られていた。

どうやら、今日はかなり機嫌《きげん》が悪そうだった。

「すみません、まあ、もうひとゲーム、お楽しみ下さい。これは、挨拶がわりです——」

ソツのない花月が、彼を再びマシンの前に座らせ、百円硬貨を落とした。

「話わかってるようだな――ま、アンタらもゆっくりここで遊んでいけば――」

彼は再び、ゲームに熱中する。

しかし、今日は調子が悪いのか、五分もするとすぐまたゲーム・オーバーだ。

「……んだよ、お前らまだ、俺の周りうろついてんのかよ。お前らもゲームしに来てんじゃねーのか？　あ、それとも、俺にたかりに来た？　でももう、オレ、今日は金なんて持ってねえからな――こないだのあれは全部、使っちまったんだ。来るのが遅かったな」

吐き捨てるように言った。

「はい、これ、どうぞ。ここ、乾燥してるから、喉渇くよね」

悠里が自販機で買ってきたウーロン茶を、彼に差し出していた。

「お、お前も、気がきくな…。ところで、何、さっきから…三人とも…マジでオレに何か用があるのか…？」

俺はそっと自分のズボンの後ろポケットに手をかけた。

「用っていうか…実は、尋ねたいことがあって…。あの…この週刊誌の記事…ひょっとして…君のことかと思って…」

丸めて入れていた『週刊潮流』を取り出して、彼に見せた。

「てめえら、何者だよ――」

彼が突然、怪訝《けげん》な顔になる。

どうやら今日のこの記事のことは、すでに知っているようだった。

「てめえもオレをコケにしに来たのかよ?」

彼の目は、怒りに震えていた。

間違いない――。

彼こそ、一条亮の息子だ――。

「違うんだ、ごめん、突然、こんなことを訊いて――。実は、この記事に掲載されていることの写真は、俺なんだ。でも、俺は一条さんの息子なんかじゃないんだっ」

「あたりめえだろっ、そんなに、あっちこっちに子供が作れるかよっ。オレがあの、クソオヤジの息子なんだよっ」

ようやく真実が彼の口をついて出た。

「じつは…俺は、母一人、子一人で、父親が誰かわからないで育ったんだ。その母親も、俺が小学校五年の春に亡くなってしまって、父親は未だわからずじまいなんだ。でも俺、ずっと自分の父親のことを探してて、昔、俺の母親は、一条さんの住んでいた町に住んでいたことがあることに気がついて、それで、一条さんに俺くらいの年齢の子供がいるって聞いて…ひょっとして、ひょっとしたら、一条さんが俺の父親じゃないかと思い始めて…先日、弔問させて頂いたんだ…そしたら…」

「ああ…てめえが、あの時ワイドショーを騒がしてた高校生かよ…オレはな…、お前のせい

で――」

彼がいきなり、俺の顔を殴《なぐ》ろうとしたが、俺は咄嗟にそれを避《よ》けていた。

「ごめん、俺はきっと、君になにかとても申し訳ないことをしたんだね…？　俺のせいで、君はどうしたんだ？　教えてほしい――」

「お前が焼香になんて行くからっ、オレが…オレがっ…」

彼が悔しそうに、唇をかみしめている。

「てめえのせいで、亮馬《りようま》は門前払いを食ったんだよっ。挨拶もさせてもらえないで、帰ってくれって、これ以上の騒ぎになるのはごめんだって、受付にいた男が、亮馬に二十万渡して、やっかい払いしたんだぜっ」

彼…亮馬っていうんだ…亮さんの亮をもらって亮馬なのか…。

取り巻きの友人が、彼の代わりに答えていた。

「君…じゃあ、お父さんにお別れを言いに行ったんだね…。でも、御焼香させてもらえなかったんだ…俺が先に現れたりしたから…いけないんだね…」

自分のしてしまったことの罪《つみ》の重さを改めて感じる。

「そうだよっ…あいつら…お前が息子だと思い込んでやがった…。ふふ…そういやあ、お前、似てねえこともねえもんな…ばっかじゃないの、あいつら、テメエらの血筋もわかんねえで…二十万ぽっちで、門前払いしやがんの」

彼は自嘲《じちょう》ぎみに笑った。

「ごめん…本当に…ごめん…俺のせいで…俺のせいで、君をお父さんに…会わせてあげることが…できなかったんだ…」

俺が、すべての騒動の発端だ…。許されることじゃない…。

「俺さえ、弔問しなかったら、君はちゃんと、お父さんにお別れが言えてたのにっ！　本当にごめんっ！」

堪《たま》らない…何てひどいことをしてしまったんだ、俺は…。

「俺のこと、殴っても蹴ってもいいっ、好きなようにしていいからっ」

俺はその場に土下座していた。

謝って済むことじゃなかった。

俺は、額を床に擦《こす》り付けていた。

もうこうするしか方法はなかった。

「許して下さいっ！　ごめんなさいっ！」

すると、花月も悠里も俺の横で土下座してしまうっ。

「花月たちはいいっ、これは、俺の責任だっ。俺に謝らせてほしいっ」

俺は二人に怒鳴ってしまった。

「何なんだよ、やめろよ三人とも、こんなところで、みっともねえな！　もういいんだ、本当言うと、翌日ちゃんと斎場の告別式に行って、顔見て『あばよ』って言ってきたんだ。告別式だったら、めちゃくちゃ人が多いから、簡単に中に紛《まぎ》れ込むことができたんだよ…」

「それでも…そんな慌ただしい中で…ちゃんとお別れなんて…できないじゃないか…。きちんと父親の自宅で、ゆっくりお別れが言いたかったろ…。ごめん…本当に…ごめんな…」

自分が彼の立場だったら、きっとやり切れない。

門前払いを食うなんて…。

「なんでお前、そんなことで泣くんだよ…自分の父親でもないのに…あんなやつ、オレはどうでもいいんだよっ」

亮馬が驚いて俺を見ていた。

「でも、最後のお別れだったのに…本当に…本当に申し訳ないことをしたっ…ごめんっ…」

「うるせえよっ。本当のことを言うと…弔問に行くつもりは、まったくなかったんだよっ。なのに、オレの知らない息子とかいうのが現れて、ワイドショーを賑わしてるじゃないか…嘘だろうって思った…。アイツ、しょうもないオヤジだったけど、当時、愛したのは、オレの母親だけだったはずなんだ。あっちにもこっちにも、子供を作れるほど、器用なヤツじゃないんだよ…。きっと、現れた息子は、財産目的の偽物《にせもの》だなって、すぐに思った。で、なんだか様子を見たくなって、オレが息子なんだって一言言ってやりたくて、この金髪に、真っ赤なシャツ着て、真っ黄色のズボンはいて、真っ青のコンタクト入れて、弔問に行ったんだ。

そんなナリで、入れてもらえるわけないだろ？　でもオレは、受付で、『オレが一条亮の息子だ、財産半分よこせ』って、怒鳴って暴れて大騒ぎしてやった…。そしたら慌てた受付が、そこらへんにあった香典かき集めてさ、オレに握らせて、とにかく帰ってくれって…。へっ、あれは愉快だったな。胸のうちがすーっとしたよ…」

今日の彼は、黒のセーターに黒のジーンズだった。青のコンタクトだって入れてない。気持ちはちゃんと喪《も》に服しているのがわかる。

「だけど、お前も…父親を探してたのか…。でも、残念だったな…アイツじゃなかったんだ…」

亮馬は、もう俺を怒ってはいなかった。

「本当に…とんでもない勘違いをして…君に迷惑をかけた…」

「もういいって言ってるだろ。オレだって、ずっと父親が誰かわからなかったんだ。で、グレてさ。毎日、母親泣かせて…大変だったんだ…。父親のことがわかったのは、ほんの二年前のことだ…問い詰めたらようやく白状した…もっと早く言えってんだよ」

「お母さん…今…どうしてる…」

「だから、それが、最後の言葉になった…」

「亡くなった…のか…」

目の前が真っ白になってしまった。

「もともと体の弱い人だったからね…オレを生んで、それでも実家に戻らず、あちこち転々として、無理して働いて…ずっと苦労してたから…仕方なかったな…。あ、オレ、今はじいちゃんとばあちゃんと三人暮らしだから、アンタみたいに天涯孤独ってわけじゃないよ。心配しないで大丈夫だから」

「だって…お母さんが亡くなったこと、一条さんは…知ってたのか…？」

「知らせるかよ…母親の心意気を最後まで貫《つらぬ》き通したいだろ…。あの人、オレを生んだことは、まったく後悔してねえんだ。ただ、あそこのバアサンが言ったんだ。あのバブルの絶頂期に向かって、一条グループがさらに大きく飛躍してゆくためには、どうしても強いバックボーンが必要だったんだと。あの頃、一条グループに欠けていたのは、強い政界の力だったんだ。一条グループは、世界にもっと市場を広げてゆかないといけなかったから、そのためにはお金だけでは、なかなかうまく物事が進まなかったんだ。必要だったのは、権力者の力だ。あのバアサン、どうしても息子に政治家の娘を嫁に取らせたかったみたいだ。オレの母親は、一条グループが日本を支える巨大企業になるため、身を引いたんだ。事実、グループはあそこまで大きくなった。うちの母親と結婚してたら、そうはいかなかっただろうな…。だから、いいんだよ…。身を引くんだったら、最後までそれを貫かないと、せっかくの母の決心が無駄になる」

「そんなことはないだろ。それだけ亮さんのことを考える君のお母さんだったら、きっと、一条グループを支えていけたよ。君のお母さん、すごい人だよ。相手のことをそこまで思いやれるんだから、一緒になったら、一条さん、もっといい仕事をしたよ。それにもっと、長生きしたよ。もっと幸せだったよ。俺はそう思うっ」

　自分の母親の姿が重なって涙が止まらなくなってしまう。

「じゃあオレ、それ、母親に言ってやるよ…そう、考えるヤツもいるって言ったら、きっと喜ぶよ」

　亮馬は小さく笑った。


「では、亮馬さん——行きましょうか」

　花月がすっと立ち上がった。

「行くって…どこに行くんだよ…」

「一条家です…すべてをお話しに行かないといけません…。このままでは、亮さんが迷ってしまいます。それでは余りにも心残りでしょう…」

「オレは行かないよ。もうオヤジにはきちんとお別れしてきたから——関係ねーよ」

「いえ、聞いて下さい…実は私は、亮さんの近所に住んでいる人間で、小さい時から、ずっと亮さんに可愛がって頂いてきたんです…。思えば、亮さんは、いつもとても寂しそうでした…。ですから、私たちみたいな子供を屋敷に招いてくれたのでしょう…。今やっとわかりました…きっと、亮さんは同じ年の私を見て、あなたのことを思い出していたに違いありません…。亮さんの…お母さんだって…お父さんだって…きっと…今、すごく後悔しているに違いありません…とても…あなたに…会いたいはずです…」

「会いたいわけねえだろ…こんな、オレに…」

「いえ…絶対…会いたいはずです…」

「オレにはばあちゃんもじいちゃんもいるから、いいんだ。小さいけれど、二人で小料理屋やってるんだ。こんなオレだけど、高校出たら、専門学校行って、調理士の免許とって、店手伝ってやろうと思ってる。もう決めてるんだ」

「でも、もう一人ずつ、おじいちゃんとおばあちゃんがいたって、いいじゃありませんか。家族は多い方がいいです」

「何言ってんだよ。あちらは、オレなんかのことが発覚したら、えらいスキャンダルになるってビクビクしてるんだ。とにかくオレのことは、うまくやっかいばらいしたいだけだ」

「でも、実はもう——ここにお呼びしてるんです…勝手なことをして、ごめんなさい…でも、どうしても、どうしても、あなたにお引き合わせしたくて…」

実は俺たちは、ここに来る前に、すでに一条家を訪ねていて、亮さんのお母さん、お父さんにすべてを話していた。亮さんの奥さんにも事実を説明した。

三人とも、是非に会わせてほしいと俺らに頼んだ。

みんな、亮さんが突然消えた哀しみから、立ち直れないでいた。

「悪い冗談言うなよ…あんな上流階級のヤツらが、こんな寂れたゲーセンに来るかよっ」

その時、ふらふらと現れた人がいた。

「ごめんなさい…私を許して下さい…あなたの…あなたのお母さんを苦しめたのは、この私です…本当に許して下さい…ごめんなさいっ…後生です——」

亮さんのお母さんだった。

小さな体をさらに小さく丸めて、初めて見る孫《まご》に駆け寄っていた。

「本当に…声が…亮にそっくりなんだね…びっくりしたよ…。ずっと…辛い思いをさせてきてしまったね…どうか…どうか…わしらを許してほしい…」

亮さんのお父さんが、その場にくずおれて謝ってしまう。

「ほんと…、お母さま、お父さま——ほら、見て、そっくり…目も…鼻も…。まるで亮さんが、ここにいるみたい…。私は…結局…亮さんの子供を生んであげることができなかったけど…本当によかった…ここに生きているのね…亮さんの分身が…」

亮さんの奥さんは、亮馬の腕にすがり、大声で泣き崩れてしまった。

政略結婚と言われ、世の中から色々な非難を浴びてきたが、彼女は彼女なりに、巡り逢った伴侶《はんりょ》を心から愛していたのだった。

亮馬は言葉を失い、初めて対面する一条家の人間を穴のあくほど見つめていた。

「そんなのおかしいだろっ⁉　謝るくらいだったら、なんでオレの母親を、あんたの息子と結婚させてくれなかったんだよっ！　可哀想なことしやがって！　ふざけんなっ！　お前ら、どの面《つら》下げて、謝ってんだよっ」

「ごめんなさいっ、ごめんなさいっ、すべて私が悪いんですっ、私がっ、私がっ、息子の幸せを奪ってしまったっ。だから、あのコは、こんなに早くに亡くなってしまって…。だから私たちは、こんなバチがあたってしまったんですっ！　本当にごめんなさい――」

亮さんのお母さんは、その場に座り込み、頭を下げ続けた。

「一条家の人間が、オレみたいな人間に頭なんて下げるなっ。みっともないだろっ！　しっかりしろよっ！」

亮馬の目に、初めて涙が溢《あふ》れてきた。

「お前、許してほしければばっ、オレの母親と、そっちの息子を、一緒の墓に入れてやってくれよっ。そしたら、全部、許してやるからっ！　オレの母親はずっと寂しかっただろうに、それでもオレの顔見ると、いつだって嬉しそうに笑ってたんだ…。オレがいるから、母さんは幸せだって、そう言ったんだっ。そんなわけねえだろっ、可哀想じゃないかっ、オレだけで幸せになれるわけがねえだろっ。オレ、まだ、何の親孝行もしてねえんだよっ。頼むよっ、もうどっちも死んじゃったんだよ、せめて一緒の墓に入れてやってくれよっ。それだけが、オレの願いなんだよっ。他に望みなんてねえんだっ。オレの母さんは、あんたの息子が好きで好きで、仕方がなかっただけの人生なんだよっ！　せめて、天国で一緒にしてやってくれよっ、そのくらいしろよっ!!」

そう大声で言うと、亮さんの母親が亮馬の手を取った。

「是非そうさせて下さいっ…。それが一番あの子の望んでいることですっ…。許してね…ごめんね…だめなおばあちゃんで、恥ずかしいです――」

亮馬の叫びは、亮さんの両親の心を動かしていた。

亮さんのその悲しみの日から、四十九日後――。

亮馬の母親と一条亮は、長い年月を経て、ようやく一緒に眠ることが約束されていた。

統《す》ばる 〜Shining together〜

「ふうー、テッシー、今回という今回は、久々特大級にウルトラ・ブラボー・コングラチュレーションズってカンジだったわ。涼クンたちには、改めて脱帽ね…」

一条グループの息子さん探し等の問題もすべて無事解決して、最初にお礼に伺っていたのは、冬夏出版の勅使河原遼太郎さんだった。

「いいえっ、僕たち今回は、本当にテッシーさんに、すっごく助けてもらいました。ハッキシ言って、テッシーさんは、僕らの恩人ですっ」

イチゴ・パフェをくるくるかき回しながら、真ん丸の目でお礼を言ってるのは、悠里だった。

「悠ちゃん、何をおっしゃってるの…これは、青春パワーの勝利なのよ。テッシーはただ、そのあなたがたの熱き友情に動かされただけ…。鷺沢先生も、この話にすごくカンドーしてたわ。だから、テッシーすかさず、ご助言申し上げたの…。モロッコ・シリーズのハード・カバーを三冊書き終えたら、即、その次は、熱き青春のたぎる思いを、上・下二巻で秋頃出されたらいかがでしょうかって…。先生、一瞬、聞こえないフリをして、帰り支度をしていたけど、テッシー、そんなの許さない…。近くに朱肉があったから、無理やり先生の人差し指をお借りして、テッシーのマル秘ビジネス日誌に調印させておいたから…秋には大作の完成ね」

俺はこの時、自分を助けてくれた、もう一人の友人に、心から詫《わ》びていた。

鷺沢——ごめん…。

先週『週刊潮流』に書かれた記事は、今週、大きな謝罪文とともに掲載されていた。

記事の内容とはまったく関係のない人物の写真、及び履歴をさも事実であるかのように掲載し、その方々に多大なる心労とご迷惑をおかけしましたことを心よりお詫び申し上げます——以後、このような事実無根の記事を捏造《ねつぞう》し、掲載することが再び起こらないように、潮流社一同、今一度報道の原点に戻り、これからは細心の注意を払い、真摯《しんし》に仕事に取り組んでいきたい、との内容が大きく掲載されていた。

また、本物の故一条亮氏の忘れ形見であるご子息が見つかり、一条氏のご両親である、一条グループの会長、会長夫人、そして社長夫人も、今、悲しみのどん底から、希望の光を見つけた思いであるとの、嬉しい報告もなされていた——。

しかし肝心のご子息である亮馬は、母親のご両親に約束した通り、高校を卒業したら、調理士の専門学校に進み、その祖父母の経営する小料理屋さんで働くことを決めている。

これからの一条グループの発展は、血縁で紡《つむ》いでいくことなく、汗水流して働いている社員の人たちに委《ゆだ》ねたらいいとの意向であった。

会長夫婦も社長夫人も、すでにそれに同意している。

二十一世紀を担《にな》う、新しい企業の形が、生まれようとしていた。

「でも、今日来てくれて、本当によかったわ。あなたたちって、つくづくラッキーよ。だって、このミラクル・イチゴ・パフェは期間限定なの。今日からスタートして、ゴールデン・ウイーク直前までしか出してくれないのよっ。とにかくイチゴが違うの。今時のイチゴは大きくて、赤くて、格好がいいものばかりで、でもいざ食べてみると、すっぱかったり、味も香りもなかったりするけど、階下の喫茶店のいかついマスターが選んでくるイチゴは、ゼンゼン違うのっ。契約農家でこっそり特別有機栽培したものを使ってるのよっ。だから、パフェのクリームを甘くしなくても、イチゴだけでミラクリー・スウィート…♥」

テッシーさん、今、確かミラクリー・スウィートって言ってたけど、ミラクルにlyをつけて、副詞に品詞転換することはできない。

たぶん奇跡的に甘いって言いたいのだろうから、前置詞の句を使ってsweet to a miracle、あるいは、近い単語を使ってsweet miraculously《ミラキュラスリー》としか言えないだろうな…。

でも今、そんなこと、俺が発言していい場でもないし…。

あ…でも、確かに…おいしい…。香りがよくて、本当に甘い…。

あっ…違うっ、俺はまた、人様の出版社の編集部にお邪魔して、パフェなんて御馳走になっているけど、今はそういう場合じゃないっ、今日は勅使河原さんにお礼に伺ったんだっ。


「あの、でも、うちの学院長から話を聞いて、びっくりしました。先週、例の週刊誌が発売されて、学院長はすぐ『潮流社』に抗議に行って下さったんです。そしたら、『潮流社』の社長が、秀麗の学院長が面会に来たって聞いただけで、慌ててやってきて、即座に謝って下さったそうです。まだ何の抗議もしてないのに、社長が『来週、絶対に大きく謝罪文を掲載しますので、どうか、どうか許して下さい』って冷や汗流しながらに訴えたそうです…。聞くところによると、学院長が『潮流社』を訪れる半時《はんとき》前に、冬夏出版の方と、有名な若手作家の方と、同じくとても有名な俳優さんが三人で抗議に行って下さったようだったって、おっしゃってました。あの…どう言って下さったのか、詳しくは存じませんが、本当にありがとうございましたっ。お陰さまで、本当に本当に助かりましたっ」

俺がそう言い、花月と悠里が一緒に頭を下げてくれると――。

「そんなこと、ゼンゼン気にしないでチョンマゲよ…。ただ、鷺沢先生は、『潮流社』の『文芸潮流』で年二回くらいのペースで、三十枚くらいの短編小説をお書きになってるの…。

氷室クンに関しては、あそこのファッション雑誌『メンズ・トレンド』のナンバーワン・モデルでしょう？　『謝罪文』を掲載して頂くなんて、ふふ…お給料日に、居酒屋を三軒ハシゴするくらいに、楽しくて、簡単なことなのよ…」

テッシーさん…今、ふふっ…って笑ってるけど…なんか…きっと…すごいことを言って、鷺沢と氷室と共に抗議してくれたんだろうな…。何だか、その光景が目に浮かぶ。

だって、学院長が俺に言ってたんだ…社長も副社長も専務も常務も全員出てきて、怖いくらいに平謝りして下さったって…。あれだったら、ベツに私が出向かなくてもよかったかもしれないって…おっしゃってて…。

そんな勅使河原さんは、今、静かにコーヒーを飲んでいる。

そして呟《つぶや》くように、こう言った。

「私はね、自分の友達や、知り合いが困っていたら——絶対助けたいんです——。いわれなき暴力にあっていたら、どんな手段を使ってでも力になりたい。一生懸命生きている人の生活を、踏みにじるなんて、許せないんです。どんなに年をとっても、そういうことに目を瞑《つむ》らない人間でいたいのです——それは、不破くんたちが教えてくれたことでしょう。私はそれを実践しただけのことです——」

冬夏出版の敏腕編集者、勅使河原遼太郎は、目の前に座る、まだ高校生である小さな友人三人に、心をこめてそう言った——。

先月、地中海の旅に出て、三人から改めて学んだことであった。

＊

そして少年たちは、晴れやかに四月を迎える――。

「うひゃ――――っ！　三年生は、クラス替えがないってさぁぁぁぁぁっっっ――――」

掲示板の前で、ひっくり返りそうになっているのは、俺、不破涼の幼なじみ、桜井悠里だった。今にも、卒倒しそうなので、取り敢えず、腕を摑んでおく。

「よかったです…私たちが、再三再四、お願いしていたことが、実現しましたね…。言ってみるもんですね…」

相棒の花月は、感無量だ。

さらさらの長い黒髪に、桜の花びらが舞って綺麗だ。

「不破くん…僕もほっとしたわぁ。できれば同じクラスでいたかったし…。ばたばたクラス替えをするのは、もういややったんや…落ち着かんやろ…」

京都出身の桂木が胸を撫で下ろしている。

「ああ…よかった…不破が一緒で…俺…一応、大学行ってみようと思うから、不破がいないと、勉強おいつかないし…今年一年…またよろしくな…」

先日、学院長室に怒鳴り込みに来てくれた、速水が駆け寄ってくる。

「僕も嬉しい。このクラスのこのメンバーで、また一年を送れるんだね…。不破くん、今年も《バイト》に勉強に燃えようね…」

奨学生の森下が、バイトのところだけ小声で言った。

「わー、僕も一緒のクラスでよかった…不破、今年もノート見せてね…あと、できたら、モーニング・コールもたまにお願い…」

視力が弱くて、黒板の文字がよく見えなくて、重ねて、遅刻の常習犯の皇に頼まれた。

「ふう…それにしても、今日の不破はウルトラ、す・て・き…♥　お仕立て上がりのワイシャツはこんなにもピシッと真っ白、ブレザーの襟に光っているのは、学院最高頭取のしるし。靴も靴下もおニュー。髪の毛はさらさら…瞳は凛々《りり》しくきらりと光り、清々しい空気を振りまいているあなたこそ、人間森林浴の源。このなっちゃん、不破の側で息をしているだけで、心の底から、浄化していくようです…すーはー、すーはー、すーはー」

花月が俺の横で深呼吸をしている…。

しかも自分のことを、なっちゃんと呼んでいるので、恐らく手がつけられないほど、ハイテンションだ。こういう時は、そっとしておくに限る。

「これからの一年、不破とともに過ごす三六五日、うるう年なら三六六日、エヴリデイがフリー・トーク日和《びより》…。物理の話から英語の話、そしてこの頃は、テレビの話だってツーカー

の私たち…。情報が情報を呼び、一日二十四時間じゃ足りないくらい、私と不破のワールドは果てしなく広がってゆくのです…ブラボー、アンド、ビバなっちゃん、ファイトよっ」

たぶん、なっちゃんとしても、俺と同じクラスになれて、嬉しいということなのだろう…。でも最後の一言は、ちょっと勅使河原さん風になっている…。意外と感化されやすい人だ。

「でもね、なっちゃんっ、ちょっと言わせてくれるっ。先学期も何度も何度も注意したけど、授業中、涼ちゃんを巻き込んで、どうでもいい強引なディスカッションを展開させるのは、やめてよねっ。僕、こんなにしっかりスッキリした、ウルトラ美少年の涼ちゃんが、授業中、先生に問い詰められておたおたする姿はもう見たくないよっ。それに、勤労奉仕だって、減らしてあげたいんだっ」

ハッ…こんな、晴れやかな新学期の朝だっていうのに、幼なじみはあの大きな瞳にびっしり涙をためている。

「う…うん…わかった…悠ちゃん…それはすべて俺が悪いんだ…。俺…もう、三年生なんだから、少しは授業態度を改めるよ…。今までつい、花月とのロング・トークに巻き込まれて…自分を見失いがちだったけど、でも、それって、結局俺が、しっかりしてないから…いつも、あんなに大事《おおごと》になってしまうんだと思う…。俺、今年の目標は、いかに勤労奉仕の罰則を減らしていけるかに尽きると思う…俺…こんな男だけど…頑張るよ…」

悠里は俺の固い誓いに頷いてくれるが——。

「そううまくいくものかね…不破学院最高頭取…。アナタ、掲示板、まだよく見てないでしょう。クラス替えがなかったからって安心してるのは、たぶんアナタだけ…」

突然、俺らの会話に加わってきたのは、英語の黒田先生だった。

すごく嫌な予感――。

「アナタの担任は、さて、誰でしょう――？」

俺は視線を恐る恐る掲示板に移してゆく。

そして、三年G組の横に書かれている名前を読む。

黒田公平《こうへい》――。

「えっ、黒田先生が担任だったのっ。先生っ、お願いっ、今年はどうか、どうか、涼ちゃんの勤労奉仕を軽減して下さいっ、僕、そのためだったら、ムギワラボーシでも一寸法師《いっすんぼうし》でも、何にでもなりますっ」

悠里が俺のために、訳のわからないお願いをしている。

「先生…名前…公平っていうんですね…。俺…全然…気がつきませんでした…。だって、色んなことにおいて、あまりにも公平じゃないような気がしていたもので…」

俺は遠い目になって、訴えていた。

「ふふ…一方、鹿内先生は、ご栄転ですか…。優等生の集まるA組に大昇級です…彼もこの一年、よく頑張りましたものね…」

花月は元担任を懐かしみながら、新たな戦いを挑んでいた。

「さ、そんなことより、みんな、そろそろ大講堂に行こうか。今日は、不破新学院最高頭取の所信表明演説と新入生への歓迎の挨拶がある、大舞台だからな…」

黒田先生が、俺たち全員に声をかけてくれる。

「きっと、いい一年になるよ…みんなで助けあって、楽しい毎日にしよう…一生の宝になるような一年にしようね…」

三Gのメンバーが、先生の言葉に頷いていた。

そして俺は、講堂に向かう道すがら、桜が満開の秀麗学院の正門で、大きく手を振っている人の姿を見つけた。

「あっ、お父さんだっ——来てくれたんだっ」

その瞬間——俺は三Gの仲間の列を離れ、満面の笑みでその人の元へと走っていった。

「お父さん、来て下さったんですね…」

田崎のお父さんは、今日の俺のために、英國屋さんで誂えてきた、美しい濃紺の立派なスーツを着て、にこにこ立っていた。

ネクタイは俺が昔、お父さんにプレゼントしたものだ。

その手には、大事そうに大きなカメラが握りしめられている。

そして、お父さんと一緒に来ている人は、お父さんの友人でもある銀座の写真館のご主人だった。

ご主人は、プロが使う立派なビデオ・カメラを抱えていた。

「ビデオの撮影は、こちらの『日本橋写真館』さんにお願いしようと思って…。なんたって、今日は涼の晴れ舞台だからね…」

お父さんは少し照れながら、でも、嬉しくて仕方がない様子だった。

「仁《じん》さんが、今日は絶対上手に撮《と》ってほしいって、何度も何度も私に念を押すんだよ。私も今日はいい仕事をするつもりでやってきたよ。この道、四十五年の腕の見せ所だね」

日本橋写真館のご主人は、自信たっぷりに言ってくれた。

「あ、そうだ、その前に、正門前で二人の写真を撮っておこうか。せっかく仁さんと涼くんが、お揃いで正装してるんだ――これはいい記念写真になるよ」

ご主人がお父さんからカメラを受け取り、俺たち二人を、桜舞う正門前に並べた。

通りかかる大勢の秀麗学院生が、そんな俺らに笑顔で会釈してゆく。

俺は、一人一人と目で挨拶をかわしてゆきながら――。

隣に立つ父を誇らしく思っていた。

……あの方でしょう…学院最高頭取の…お父さん代わりの方って……

……お父さん代わりじゃなくて、お父さんだろ…だってお二人そっくりじゃないか……

……不破代表って、お父さんと一緒ってだけで、あんなに嬉しそうな顔になるんだな……

……素敵なお父さんだからな……お父さんにとってはきっと自慢の息子だろうな……

……僕ら秀麗生にとっては…自慢の学院最高頭取だよ……

……今日の頭取の挨拶…すごく楽しみだな…どんな言葉を頂けるのかな……

……新中一生と、外部から来た新高一生はきっと驚くだろうなあ……

……世の中にはすごい力を持った高校生がいるものだって、
きっと雷《かみなり》に打たれたような気持ちになるよ……

……僕らがそうだったようにね……

差し伸べてくれた手を、離さないでいよう
いつか自分もその人の力になれるよう

毎日を大切に生きていこう
ほんの少し心を開けば、そこに大勢の仲間がいることに気がつく
自分がいて、友達がいて、お父さんがいて、お母さんがいて、
先生がいて、学校があって、
桜が咲いて
若葉が萌《も》え出して
灼熱《しゃくねつ》の太陽に焦《こ》げて
落ち葉とともに舞い上がって
凍《こご》える寒さの中、みんなで寄りそって

輝く

俺たちはまだ、名もなき小さな星の集団

未来を大きな味方につけて――。

完

あとがき

みなさん、『昴《すばる》』をご覧になったことはありますでしょうか。

私は夜空にその星を見つける度に、秀麗《しゅうれい》の子たちを思い出すのです。

その名は、自動車メーカーや歌のタイトルになっている程なので、よくご存じだと思います。実を申しますと、私は長いこと、昴は一等星で、夜空にキラキラ光る、誰にでも認識できるはっきりした一つ星だと思っておりました。しかし実際の昴は、散開星団で、肉眼では六個の星が集まって輝いているものでした。調べてみると、実際は一二〇個の若い星の群れなのです。光度としては、決して暗くはないのですが、代表で輝く六つの星が集まってぼやーっと現れるので、天空ですぐに見つけられるわけではありません。今の時期、三月でしたら、午後八時頃、西の空に見つけられます。目印は、あの有名な蝶《ちょう》の形をしたオリオン座の三つ星です。その三つ星から少し北に目をずらしてゆくと、ぼわーんと固まって光っているのが昴です。一瞬、あれは何だろう、と思うのですが、目を凝《こ》らしてみると小さな星がダイアモンドみたいにキラキラ集まっているのがわかります。視力のいい方でしたら、その代表の六つの星を数えることができます。昴には名前がたくさんあって、西洋では『プレアデス星団』、肉眼で六つの星が固まって見えるところから、『六連星《むつらぼし》』ともいわれています。地方によっては、『六神《むつがみ》』『六地蔵《ろくじぞう》』などとも呼ばれています。その小さな星々が寄り添って輝く姿は本当に愛らしく、いくら眺《なが》めても飽《あ》きることがありません。天体望遠鏡を使って見たこともありますが、星の粒がひと所にぎゅうっと集まり、宝石のように金、銀、青、白に輝いているのです。夜空のその空間だけが、別世界を作っておりました。そのように星が一か所に集まっているところから、『群《むら》がり星』とか『寄り合い星』とか、呼ばれることもあります。そういうわけで、その仲のいい姿を見て、私はいつも、秀麗の子たちを思い浮かべてしまうのです。今回のタイトルは、その仲良く寄り添って懸命に輝いている姿から頂きました。

さて、その『少年 昴』は、いかがでしたでしょうか。この秀麗⑰の前二作が、お笑い(?)要素の強い『高校王子』シリーズと『秀麗学院』シリーズの合体企画の特別編だったので、今回シリアスだけでは許されない、特別編にならい再びお笑いの要素を多分に取り込もうと、急遽『高校王子』シリーズの勅使河原遼太郎《てしがわらりょうたろう》（自称テッシー）の力を借り、秀麗に登場させてしまいました。テッシーの登場により、前作の特別編の楽しさも表すことができたら幸いです。その特別編『少年☆王子』地中海豪華客船旅物語I、IIは、お陰さまで大好評で、なんと…続きを書いてもよろしいと、編集部よりお許しを頂きました。いつ頃出すのがいいかということで、考えましたところ、やはり特別編ですから、心も体もバケーション気分の夏がいいのではないかと、思っております。どうせ書かせて頂くのなら、やはり前回のように二冊立て続けというのが理想だったりします（体力と気力とアイディア次第でしょうか…）。

今回の秀麗の次は、四月二十六日発売の五月刊として、『高校王子』の第四弾となります。するとその次の七月一日あたりが『少年☆王子』の特別編でしょうか。随分《ずいぶん》先のような気もしますが、書いている側としては、あっという間だったりします。つきましては、次回の『高校王子④』もそうですが、その次の『少年☆王子』特別編では、登場人物のメンバーにどんなことをさせてみたいか、舞台はどこがいいのか、何か面白いアイディアがありましたら、教えて頂けるとありがたいです。その秀麗と高校王子のメンバーが中心に語っている情報ペーパー（というより、お笑いトーク・バトル通信）は、現在①号から④号まで出来上がっております。どうぞ遠慮なく、読みたい号をおっしゃって下さいね。早速、送らせて頂きます。宛て名シールあるいは、宛て名を書いた小さな紙を同封して頂けると非常に助かります。あと、昨年末、読者の方に、クリスマス・プレゼントを頂いたのですが、転送されてきた時点で、三名の方のご住所、お名前が不明で、贈り物のみ到着してしまいました。本当に申し訳なく思ってます。品物は小さなウサギのぬいぐるみと、襟《えり》巻《ま》きが二点です。せっかく送って下さったのに、お礼状も出せず、心苦しく思っております。どうかご一報頂けるとありがたいです。本当にごめんなさいっ。あと、この頃、パレット文庫がなかなか手に入りにくいというお便りを頂きますが、文庫はインターネットでも注文できるそうです。小学館のホームページはhttp://www.shogakukan.co.jpです。どうぞ、よろしくお願いします。

さて、今回もおおや先生から、最高のイラストを頂き、大変幸せに思っております。お忙しい中、本当にありがとうございました。嬉しいです。

そして、編集部の皆さんにも、色々とお力を頂きました。編集長からはアイディアを賜《たまわ》り、プロットまで考えて頂き、毎回本当に感謝しております。編集の方、校正の方からも多大なるお力を頂き、営業さんは書店さんを巡って下さり、この本がようやくお店に並ぶわけです。

そして読者の方に、本をお手に取って頂き、ようやく私が生かされていることに気づくのでした。本当にありがとうございます。今回の『少年昴』が二〇〇二年の私の初めての作品となりましたが、これからも皆さんに喜んで楽しんで頂ける作品をお届けできるよう、全力で頑張りたいと思います。どうぞ、今年もよろしくお願いします。

七海花音《ななうみかのん》

PS　失礼――。今回、テッシー、秀麗にイキナリ登場しちゃって、濃《こ》い～トークを炸裂《さくれつ》し、きっとテッシーのことを知らない皆さんは、この人ナニ、どういうこと？って、面食らってしまったと思うの…どうかこんなテッシーを許してね。そしてどうかこんなテッシーだけど、こんなテッシーに慣《な》れてちょうだいっ。慣れればそれもいいって思う日がきっと来るハズ。そうすれば必ず幸せになれるわ。いえ、是非幸せになって！　次回4月26日発売の高校王子の第四弾でもテッシー張り切るつもりよ。4649《ヨロシク》ね。愛と真心の編集者　勅使河原遼太郎

「少年　昴《すばる》」のご感想をお寄せください。

♡おたよりのあて先♡

七海花音先生は

〒101-8001　東京都千代田区一ツ橋二―三―一

小学館・パレット文庫　七海花音先生

おおや和美先生は

同じ住所で　おおや和美先生

七海花音
ななうみ・かのん
12月21日東京都渋谷区で生まれる。現在は東京郊外在住。血液型A型。三人姉妹の真ん中。幼い頃はニューヨークで過ごし、小・中学校は東京。高校はサン・フランシスコのクリスチャン・スクールに通った。上智大学外国語学部卒。趣味：着物雑誌を読む。歌舞伎鑑賞。映画。ガーデニング。散歩。現在、角川書店・ティーンズルビー文庫より、櫻ノ園高校物語全三巻を発売中。また小学館パレット文庫より、『聖ミラン学園物語』『秀麗学院高校物語』『高校王子』の三シリーズを刊行中。そしてなんと、その秀麗と高校王子を合体させたファン必読の特別編『高校☆王子』Ⅰ、Ⅱをただ今、絶賛大好評発売中！

パレット文庫
少年 昴《すばる》 秀麗学院高校物語17

2002年4月1日 第1刷発行

著者
七海花音
発行者
辻本吉昭
発行所
株式会社小学館
〒101-8001 東京都千代田区一ツ橋2-3-1
編集 03(3230)5455 販売 03(3230)5739
印刷所
凸版印刷株式会社

ISBN4-09-421177-2

Palette 3月の新刊

恋の充電にパレット文庫

秀麗学院高校物語17

少年 昴《すばる》

七海花音

イラスト／おおや和美

天涯孤独な主人公・涼《りょう》に、遂に父親が現る!? しかし、それがきっかけで涼は大嫌いなマスコミに追いかけまわされるはめに!!

パレット文庫
既刊・好評発売中
Palette

秋月こお
翔太郎見参！
激闘！ 陰陽城
トリック・トラップ（前・後編）
シークレット・ホリデイ
魔王再臨（前・中・後編）
ワンダーなやつら
ワンダフル・パーティー
以上 イラスト／沖麻実也
大江戸ヒステリーパンク
河童の川流れ
以上 イラスト／西崎 祥
傘太郎、奔る
壬生狼伝①〜③
以上 イラスト／ほたか乱

秋水一威
恋月夜
イラスト／里中 守
若様まいる！
イラスト／とおのぐり太

あさぎり夕
僕達の始まり／僕達の熱い夏
僕達の恋愛論／僕達の長い夜
僕達の仮面劇／僕達の失楽園
僕達の航海図／僕達の旅立ち
僕達の白昼夢／俺達の夢伝説
僕達の聖少女／僕達の砂時計
僕達の迷い道／僕達の太陽王
僕達の禁猟区／僕達の学園祭
僕達の交差点／俺達の新世界
僕達の愛言葉／僕達の鎮魂曲《レクイエム》
僕達の卒業式／僕達の記念碑
僕達の第二章／僕達の季節風
僕達の堕天使／僕達の裏切り
僕達の地球光／僕達の永遠性
僕達の将来図／僕達の水平線
太陽と月に抱かれて
俺達の世紀末／僕達の宝石箱
僕達の大逆転
先生は止まらない
先生は振りむかない
僕達の明日へ
僕達の再出発／僕達の誕生日
聖蛇の末裔／白の呪眼
第三の魔鏡／太陽の巫女
優しいケダモノ
以上 イラスト／あさぎり夕

足立和葉
日輪の割れる日
日輪のかけら
以上 イラスト／とおのぐり太
銀の月船《ふね》 星の川
イラスト／なるしまゆり

有栖川ケイ
卒業M＋《プラス》1 2 3 4 5 6 7 8
以上 イラスト／西臣匡子
戯賊生誕
漆黒の封印（上巻・下巻）
以上 イラスト／柳沢テツヤ

雨城まさみ
薔薇色♥放課後パラダイス
男子校★スクランブル
DEAD ZONE
以上 イラスト／夏賀久美子
ハイスクール狂詩曲《ラプソディー》
秋色センセーション
LOVE ME!!
以上 イラスト／未世可恋
春の終わりのカノン
湘南純情BOY
以上 イラスト／春野まみ
LESSON²
イラスト／雁川せゆ
ミッドナイトKISS
めちゃ²LOVER
以上 イラスト／みなみ恵夢
イラスト／秋里和国

飯坂友佳子
もう一度初恋！
怪盗Jを探せ！（前・後・続・続²編）
以上 イラスト／飯坂友佳子

五百香ノエル
最強★少年
イラスト／あずみ花丸
りぼん記念日／りぼん絵日記
以上 イラスト／穂波ゆきね

池戸裕子
俺の―love love♡bear
イラスト／南野ましろ
ヒーローは俺のもの！
ヒーローに手を出すな！
ヒーローに首ったけ！
以上 イラスト／里中 守
放課後は愛がいっぱい
放課後にKissをする
以上 イラスト／かすみ涼和
アイドル・ブライド 恋がしたくて
アイドル・ブライド 夢をみせてね
アイドル・ブライド 君がいるから
以上 イラスト／蔵王大志
渚のロマンチック
渚でドラマチック
以上 イラスト／明神 翼

江上冴子
楽園の花
イラスト／竹田やよい

岡野麻里安
言の葉使い
イラスト／明神 翼

小高宏子
ハイスクール・リバティー
イラスト／南京ぐれ子
ナチュラル
イラスト／不破慎理
アップビートで行こう！
イラスト／真東砂波

織田さおり
恋のカウント ツー・スリー
イラスト／緋色れーいち

鹿住 槙
楽園《パラダイス》へようこそ
楽園ハリケーン
楽園バケーション
以上 イラスト／二宮悦巳
恋じゃなくてもいい
もう恋かもしれない
恋じゃなきゃいけない
以上 イラスト／麻々原絵里依
WWコン★パニック！
WWコン♥ハピネス！
以上 イラスト／藤たまき

鹿原 育
不滅の流れ星
イラスト／南京ぐれ子

上領 彩
空の約束
イラスト／刑部真芯

川原つばさ
レーシングジェネレーション 全4巻
イラスト／かんべあきら

かわいゆみこ
夢色十夜《ゆめいろとおや》①〜③
以上 イラスト／今 市子

喜多嶋隆
ダウンタウン・エンジェル全12巻
以上 イラスト／北川みゆき

倉科るり
最後の夏休み／王様の夏休み
以上 イラスト／穂波ゆきね

倉橋燿子
ライバルにまわしげり！（前・後編）
イラスト／竜山さゆり

剛しいら
猫は好き？／猫はどこ？
猫じゃだめ？
以上 イラスト／ほたか乱
くるみ割り
イラスト／橋本正枝
スウィート・スイミング
スウィート・スイミング2
以上 イラスト／とおのぐり太

香村日南
海の勾玉 日輪の剣
まほろば霊歌
虹玉の皇子
以上 イラスト／大竹直子

さいきなおこ
少年帝国／少年帝国II
イラスト／柴牙 忍
コンプレックスα
以上 イラスト／さいきなおこ

さいとうちほ
風の息子《アダム》／禁色の神話
以上 イラスト／さいとうちほ

篠原千絵
新版・還ってきた娘1〜5
新作・書き下ろし 還ってきた娘6
以上 イラスト／篠原千絵

芝風美子
ムカムカパラダイス（特別編）
原作・イラスト／いがらしゆみこ

嶋田純子
華焰―かえん―
イラスト／雉あかね

白城るた
恋愛学園／学園天使
学園キッス
以上 イラスト／七瀬かい
ロストボーイズ
迷宮のカノン
月の香り 闇の匂い
以上 イラスト／みのおひなせ

染井吉乃
海の見取り図
イラスト／とおのぐり太
虹の入江
あなたに届けたいもの

君の手のひらに
雪の日の贈り物
夢の天球儀
以上 イラスト／如月弘鷹

髙橋ななを

サイドシートで眠らせて
イラスト／真木しょうこ
快感♡フレーズ
（特別編 90日の伝説）（番外編 香港狂詩曲）
（熱愛編 青の迷宮）（N.Y.編 終わりなき神話）
以上 原作・イラスト／新條まゆ

武内昌美

秋風につたえて
プリンセスはごきげんななめ
愛してるなんて言わせない！
500年目の恋人
恋人達の眠れない夜
いっぱいKISSしよう
ウルトラCボーイズ
陽だまりに天使
ガラスの翼
光の王国
闇の楽園
時の城
クリムゾン・エンジェル
迷宮のマリア
風の祈り、空の祈り
ガーディアン＝ブラックス
パラダイス＝シャドウ
ダーク＝フォレスト
グリーン＝サンクチュアリ
亡き王子のためのパヴァーヌ
天使のトリル
以上 イラスト／武内昌美

たけうちりうと

騎士とビショップ
騎士とサクリファイス
騎士とテロリスト
騎士とプリンス
以上 イラスト／金ひかる
弁慶とメロンパン
ラブ・セキュリティ
以上 イラスト／柴牙 忍
若旦那・空を飛ぶ
若旦那と愉快な仲間たち
若旦那・危機一髪！

野原のロマンス
以上 イラスト／今 市子

田村由美

楽園に行きませんか
新版・真夜中に馬車が来る
以上 イラスト／田村由美

徳田央生

セント・マシューズへようこそ！
セント・マシューズのクリスマス
セント・マシューズの聖歌隊
セント・マシューズの夏の夢《サマー・ドリーム》
セント・マシューズの恋伝説
セント・マシューズの冬物語《ウインター・テイル》
セント・マシューズの春の雨《スプリング・レイン》
セント・マシューズの卒業旅行
セント・マシューズの同窓生《オールド・ボーイズ》
以上 イラスト／高群 保
畑に種をまきましょう
畑で愛をささやいて
以上 イラスト／穂波ゆきね

中池 葉

小説 闇のパープル・アイ全6巻
原作・イラスト／篠原千絵

内侍原 淳

背中あわせのロンリー
イラスト／西 炯子

夏希 碧

親愛なる君へ
君に逢いたい
愛しき君に
以上 イラスト／四位広猫
BLUE BOYに紅い薔薇を
月の雫の降る夜に
以上 イラスト／南野ましろ
流れる雲のように
イラスト／麻々原絵里依
恋までが遠すぎる
恋はタイトロープ
ホールド・ミー・タイト
そっと静かに堕ちていく夜
輝いていたあの夏
秋色のソナタ
流れる雲のように

七海花音

以上 イラスト／麻々原絵里依
僕らのピーターパン白書
僕らのネバーランド伝説
僕らのロビンフッド宣言
僕らのシンドバッド革命
僕らのジュリエット海峡
僕らのファンタジア卒業
僕らのコンチェルト誕生
以上 イラスト／みずき健
片翼飛行少年／少年堕天使
聖少年／真夏の少年
風駆ける少年／十六少年期
冬迷宮の少年／少年流星群
倫敦少年街
少年は早春の光の中
夜少年《やしょうねん》
やがて少年は目覚める
砂時計の少年たち
桑港少年休暇／少年聖夜
少年卒業記／少年昴
高校王子／十七歳の森
青春の鼓動
秀麗学院＋高校王子 特別編Ⅰ・Ⅱ
少年☆王子
以上 イラスト／おおや和美
僕らのエイティーン開幕
僕らのムーンライト夜曲
僕らのクラス・リング物語
僕らのセブン・デイズ天国《ヘヴン》
僕らのセプテンバー輪舞《ロンド》
以上 イラスト／かんべあきら

南原 兼

きみはかわいい僕の奴隷♥
イラスト／こうじま奈月
Dr.とエクスタシー♡
イラスト／明神 翼

西崎めぐみ

小説 思春期未満お断り
（特別編）（熱愛編）（氷雪編）（番外編）
ふしぎ遊戯
外伝1幻狼伝／外伝2昇龍伝
外伝3雪夜叉伝／外伝4流星伝
外伝5朱雀悲伝／外伝6青藍伝
外伝7・8永光伝（上巻・下巻）
外伝9朱玉伝／外伝10逢命伝
妖しのセレス
〜episode of tooya〜
〜episode of Shuro〜
〜episode of aki〜
〜episode of miku〜（上巻・中巻・下巻）
以上 原作・イラスト／渡瀬悠宇
いいことしようよ！
イラスト／長谷部百合
真夜中のペルソナ
イラスト／ほんだちはる
迷宮のカルマ
イラスト／夏賀久美子
Dr.リンにきいてみて！
〈夏休み編〉前世の魔宮
原作・イラスト／あらいきよこ

日夏塔子

Regrets《リグレッツ》
イラスト／穂波ゆきね

冬城蒼生

月光小夜曲《ムーンライト・セレナーデ》
イラスト／蔵王大志

ふゆの仁子

月に泣いて
月光庭園
イラスト／石原 理
トルプルキャスト123
イラスト／穂波ゆきね
夕焼け町ロマンス
黄昏時の恋
以上 イラスト／里中 守

藤田和子

ウェディングKISS×KISS
満月はささやく
以上 イラスト／藤田和子

藤原万璃子

葡萄の宝石／葡萄の真実
葡萄の奇跡
以上 イラスト／波津彬子
エメラルドの檻
イラスト／永栗 優
風のシャコンヌ(上)
イラスト／笠井あゆみ

前田珠子

聖痕《しるし》なき者／神威《かむい》抱《だ》く者《もの》
以上 イラスト／沖 麻実也

前田 栄

偽りのピエタ
幻の聖母子像
追憶のマリア
以上 イラスト／藤たまき

麻城ゆう

散歩屋さんの事件簿
イラスト／下村富美

松岡なつき

ラクーンなぼく
星の森をくぐって
凍えたハート
以上 イラスト／森永あい
第七の封印
バスルームの人魚姫
虹の軌跡
ルールはあとからついてくる
以上 イラスト／鳥図笙子
イラスト／石原 理

真船るのあ

これも恋だろ／それも愛だろ
以上 イラスト／石原 理
混線もようの恋だから
イラスト／明神 翼

水星さつき

サンライズ ウインド
イラスト／高田りえ
その日、俺達の恋が…
イラスト／緋色れーいち
右堂家男子の事情
イラスト／みなみ恵夢
君が僕を知っている
夏の迷路を、君と
君と僕が生まれる日
君と僕の間に…
以上 イラスト／緋色れーいち

若林真紀

失恋したらどうしよう
イラスト／西りかこ
恋にならなくて…
イラスト／藤田和子
何でもないことだったのに
イラスト／あいかわももこ

★★★★★★★★★★★★★★★★★★★★★★★★★★★★★★★★★

●内容●

▼ティーンズ（特に中・高校生）を対象にした小説で、恋愛、ミステリー、コメディー、SFなどジャンルは問いません。

●応募のきまり●

▼資格……年齢、性別に関係なく、どなたでも応募できます。

▼枚数……四〇〇字詰原稿用紙、五〇枚以上、二〇〇枚以内。

▼あて先…〒101－8001　東京都千代田区一ツ橋二－三－一　小学館　第27回パレットノベル大賞係

▼しめきり……▼2002年6月末日（当日消印有効）

●原稿の書き方●

▼必ずたて書きのこと。（ワープロ可）

▼作品には必ずタイトルをつけること。

▼次の4点を番号順に重ね合わせ、右上をひもで綴じてください。

①四〇〇字詰原稿用紙½の大きさに、作品のタイトル、郵便番号、住所、氏名（本名、ペンネーム使用の場合は、ペンネームも）、年齢、電話番号（呼び出しも含む）、略歴の順に明記。

②四〇〇字以内で、この作品のねらい。

③八〇〇字以内であらすじ

④応募作品

●発表●

▼パレット文庫2003年1月の新刊にて

●選考委員●（五十音順、敬称略）

喜多嶋隆、七海花音、若林真紀

●注意●

▼応募作品はお返ししませんので、必要な方は、コピーをとってください。ワープロ原稿の場合も、枚数を明記してください。

▼他社に出した作品は、応募できません。

▼選考に関するお問い合わせには、応じられません。

▼入選作品の出版、上映、上演等に関する権利は、小学館に属します。

来月新刊のお知らせ

パレット文庫

いじっぱりジュリエット　池戸裕子　イラスト／こうじま奈月

海の行方　上領　彩　イラスト／おおや和美

※作家・書名など変更する場合があります。

4月2日(火)発売予定です。　お楽しみに!